U0552852

轻抚水，轻抚风
TOUCH THE WATER, TOUCH THE WIND

AMOS OZ

〔以〕阿摩司·奥兹 著

杜先菊 译

人民文学出版社
PEOPLE'S LITERATURE PUBLISHING HOUSE

著作权合同登记号　图字 01-2018-8938

Amos Oz
TOUCH THE WATER TOUCH THE WIND
Copyright © 1973，Amos Oz
All rights reserved

图书在版编目（CIP）数据

轻抚水·轻抚风 /（以）阿摩司·奥兹著；杜先菊译. —
北京：人民文学出版社，2019
ISBN 978 - 7 - 02 - 014998 - 8

Ⅰ.①轻…　Ⅱ.①阿…　②杜…　Ⅲ.①长篇小说-以
色列-现代　Ⅳ.①I382.45

中国版本图书馆 CIP 数据核字(2019)第 004538 号

责任编辑　甘　慧　何炜宏　邰莉莉
装帧设计　钱　珺

出版发行　人民文学出版社
社　　址　北京市朝内大街 166 号
邮　　编　100705
网　　址　www.rw-cn.com

印　　刷　莱芜市圣龙印务有限责任公司
经　　销　全国新华书店等

字　　数　100 千字
开　　本　850×1168 毫米　1/32
印　　张　7.5
版　　次　2019 年 9 月北京第 1 版
印　　次　2019 年 9 月第 1 次印刷

书　　号　978 - 7 - 02 - 014998 - 8
定　　价　39.00 元

如有印装质量问题，请与本社图书销售中心调换。电话:010 - 65233595

目　录

1

波兰，初冬。1939年。

一个名叫波马兰兹的犹太校长从德国人那里逃脱，躲进了森林。他是一个矮个子男人，眼睛小小的，宽宽的、严峻的下巴。他看着像一个美国喜剧里的间谍。

他是 M 镇的密茨凯维奇国立学校的数学和物理老师。他的业余时间都用来搞一种什么理论研究；自然的秘密在他身上激起了一种强烈的热忱。据谣传，他马上要在电力或磁力领域作出新的发现。他的上唇上方，他充满爱心地蓄着一道浅浅的、紧张的小胡子。

刚开始，波马兰兹躲在森林深处一间废弃的小棚子里，这个小棚子曾经是一个名叫佐贝克·皮尔泽瓦斯基的伐木人的。这个皮尔泽瓦斯基头年春天被农夫们杀死了。他们用斧子把他砍死了，因为他总是戴着橘黄色的尖顶帽子、穿着红色的靴子在森林里走来走去，在村民面前随意地玩些小把戏，并且号称是处女生出来的。此外，他还声称有用魔咒治疗牙疼的能力，靠唱礼仪颂歌勾引一个年轻的农家姑娘，一招手就能惹得牧羊狗发疯一样地狂叫，然后一招手又能让它们安静下来，而且，只要风向对头，他晚上还能轻轻地离地飞翔。他还有打嗝的习惯，而且还四处偷鸡。

某年的耶稣受难日，伐木人向农夫们吹牛，如果他们使尽全力用他的斧子砍他，斧子会砍裂。于是，他们就用斧子砍他，而斧子并没有破裂。

波马兰兹独自坐在废弃的棚子里，考量着逐渐腐坏的棚顶大梁，竖起耳朵倾听着森林晚间的躁动，倾听着狂风抽打着瑟缩的树顶，倾听着树叶哀伤的沙沙细语。

他白天黑夜都是独自一人。他思考着各种各样的问题。

森林的坡地延伸，下层丛林与河流交界的地方，德国工程师们炸毁了所有的铁路桥。由于距离远和浓重的水汽，每次爆炸的火光和低沉的爆破声之间，有一段延迟，几乎像是犹豫。这段迟延，尽管十分短暂，却给整个场面增添了一点

2

喜剧色彩，以至于波马兰兹在自己躲着的地方都起了疑心。而且，确实，几天之后，接到新的命令之后，同一批工程师又出现了，带着狂热的劲头，开始丈量河流，疯狂地按从前的样子把一切都重新建造出来；他们拉着钢缆线，埋下水泥柱子，竖起一对事先建好的桥梁，将一切恢复到了之前的模样。

但是，距离和秋天的光线，给山脚下那些狂热的活动平添了一种不真实、几乎是荒诞的特色：小小的人影，在山间消逝的声音，耐心的灰色地平线。晚上，一次又一次，忧郁的力量降临下来，用沉闷、模糊的黑暗覆盖着森林和山峦。

村里的一个老巫婆给他提供面包和水。

吓坏了的农夫们会蹑手蹑脚地靠近，有时候在离小棚子有一段安全的距离的地方放一只烤鹅，然后马上消失在森林怀抱之中。佐贝克·皮尔泽瓦斯基，那个处女生的爱打嗝的儿子，已经预先警告过他们，他很快就会以别的身份回来的。

也或许并没有农夫，没有巫婆，也没有烤鹅，波马兰兹仅仅以纯精神的状态生活在那里，完全没有任何物质需求。

2

斯特法·波马兰兹没有随着她丈夫一起躲到森林中去，
而是留在了 M 镇的家中。她在同一所密茨凯维奇国立学校教
德国思想，甚至和著名的哲学家马丁·海德格尔保持着通信
和电话联系。

她一点儿也不怕德国人。首先，她痛恨战争之类，一点
儿都不相信它们。其二，从种族角度看，她也只是在某种程
度上是一个犹太人，从世界观上看，她是一个全心全意的欧
洲人。此外，她还是歌德学会的正式付费会员。

斯特法整天独自待在她那间装饰得很艺术的小公寓里，
每天花几个小时整理赛泽克教授的最新研究成果，准备出版。
外面，发生了很多令人烦扰的大事件：波马兰兹逃走了，波
兰灭亡了，德国飞机轰炸着南方的工厂、修铁路的工棚和军
营，装甲车彻夜驶过雅罗斯瓦夫大道，黎明时就换了旗帜。
斯特法带着厌恶拉下了每一扇百叶窗窗帘，关上了窗户。

在她书房的橱柜上有一只瘦长的、涂着战争油彩的非洲

武士。这个武士看着像随时会朝对面墙上一幅马蒂斯画中一位纤巧的粉色裸体女子冲过去，日日夜夜用他那硕大的凶猛的性器威胁着她。

两只老暹罗猫，肖邦和叔本华，给斯特法作伴。它们蜷缩着一起睡在开放的炉火前的地毯上，给整个公寓增添了一种安宁和温柔。有时候，斯特法觉得她听见了过道里波马兰兹穿着拖鞋的脚步声和他的低声咳嗽，有一天清晨，她还听见有人在轻轻喊她的名字。这儿是他刮脸的东西，这儿是他的睡袍，烟草的气味，让人想起他的沉默。所有的地方，都弥漫着一种带有侵略性的、毫不妥协的干净，闪亮的厨房和发光的厕所，整洁的书架和亮晶晶的枝形吊灯。这些天，斯特法一直都是独自一人紧闭窗户待在家里。渐渐地，公寓里开始充斥着淡淡的香水味儿。高居在钢琴和无数瓶花的上方的挂镜线上，一只凶猛的熊头瞪着玻璃眼睛，瞪视着酣睡着的暹罗猫们。

熊的表情是一种耐心的玩世不恭，近乎最终的安宁。

斯特法是一个美丽、骄傲的女子。从她年轻时起，所有本地的知识分子都用思想和文学追捧着她。他们说，这么聪明、有艺术气质的女子，现在却一时任性，突然把自己交给了一个淳朴的钟表匠那个成天做梦的儿子。他们说，这样的怪念头，来得快，去得也快。就连波马兰兹这个名字本身，也跟斯特法根本就不般配。

确实，等德国人开始包围 M 镇时，钟表匠那个成天做梦的儿子就逃进了森林，把斯特法丢给了她的崇拜者，本地的知识分子们。

她希望，他能熬过眼下这些事件，将来某一天，她还能与他重逢。她不想明确地把自己的感情叫做这个或那个，但她为他叹息，对他的力量有强烈的信心。

每天夜晚，德国守卫在远处射击。经常停电。商贩们很明显地懒散下来了。清洁工和邮差都不尽他们的职责了。绰号叫"耶稣快跑"的醉鬼园丁，没有征得同意，就在花园下面的木棚里住下了，眼中闪耀着傲慢和一种秘密的恶毒。他微笑着，谄媚着，饶舌着，自由自在地来来去去。女佣玛莎·别掐我突然抛弃了可怜的赛泽克教授，她过去七年一直在他家里帮工。所有人都在指责她，而且，有些人还从她的行为中看出了对未来的凶兆。赛泽克教授是这个城市的骄傲，他是一个鳏居的学者，在整个欧洲都很有名。他有一张卡尔·马克思那样的脸，脸上刻满了苦难和智慧。

镇里的军事指挥官，某个约阿希姆·冯·托普夫男爵，下了一道命令：军队不得不征用学校的校舍。眼下学校要全部停课。男爵还想着在命令上附上一个对镇民的道歉：战争带来的艰难时期马上就会结束，用不了多久，就会建立新秩序。

但是困难越来越多。电车停运了，价格上涨了，圣斯蒂文教堂那古老的钟楼，佛罗伦萨风格的一颗建筑明珠，也被一颗射歪的炸弹炸毁了。每天晚上，都能听见炸毁了的教堂里砖瓦颤动的声响。有时候，掉下来的砖头晚上砸到了钟，引起了好多迷信的谣言。即使是在天主教知识分子圈子里，通行的观点也是，什么奇异迹象都是可能发生的。

很多人，包括一些头面人物，都逃出了城。雅罗斯瓦夫大道中间，停着一辆烧毁的电车，一株连根拔起的栗子树在街上横了好几个星期。赛泽克教授几次向亲密的朋友抱怨，他得了急性肾炎。可怕的甚至不靠谱的谣言四处流传着：市场里的女人说，当局正在把穷犹太人，或者神父，或者仅是得肺结核的人，运到别的地方去。根本不可能去追踪、核实或者证实这些谣言。连图书馆都临时关闭了。

斯特法暗中十分失望。战争，虽然充满着恐怖和庸俗，却也提供了振兴欧洲、刷新旧思想、使人能够参与和观察一个重大历史事件的机会，但事实上，从各个方面来看，除了单调和渺小之外，一无所有。有天晚上，一些喝醉了的士兵打破了音乐厅里有历史意义的彩色玻璃窗。亚当·密茨凯维奇的雕像也被破坏了，画上了一道浅浅的胡子，很像那个失踪了的物理和数学老师的小胡子；那些肆无忌惮的士兵，或者是晚上捣乱的男学生们。在马格达伦巷的巷角，一名兹瓦本地方的下士用那么土气的德语跟斯特法讲话，她都惊呆了。她突然明白了：时间不多了。斯特法从来不是特别强壮；她早上总有偏头痛。

最糟糕的是，通往外部世界的邮政通信也在迅速恶化。老的邮票不能使用了。有几家的钢琴被征用了。新秩序迟迟不来。熊的玻璃眼珠带着狡猾的宁静俯视着这一切。杂货铺里，葡萄牙沙丁鱼迅速消失，就像它们从来不曾存在过一样。

3

1940 年初，当这个异常古怪的春天刚刚开始时，波马兰兹从他躲藏了一整个冬天的小棚子里钻了出来，开始四处走动。他轮番穿着牧羊人和铁路工人、农夫和神父的衣服。他轻轻地、试试探探地往南走，然后往东南走，然后再继续往南走，以一种缓慢的、几乎是羞涩地爱抚着的运动，穿过茂密的森林。当附近有搜捕时，他整天躲在被上帝遗弃的村庄边缘的仓库里。天将擦黑时，他会离开他躲藏的地方，在黑暗中直直地挺着他瘦瘦的身体，直到夜色将他吞没，然后他会轻轻地吹起口琴。波兰的空气马上浸润着音乐。波马兰兹用手刨着泥泞的土地，攒足了体内的力量，打着嗝，流着汗，将他的胳膊倚靠在周围他演奏出的音乐上，挥舞着他的手臂，挣扎着，拉扯着，借助他身后的风的力量，终于发出了一声轻轻的呻吟，挣脱了地心引力对他的控制。

他飞升起来，漂浮在黑暗的空气中，这番努力后，他的身体放松了，高高地、默默无声地漂浮在森林和草地、教堂、木棚和田野之上。

就这样，他克服了他遭遇到的所有困难。

他曾经听说过，可能是从他妻子那里听说的，时间是主观的，是头脑的感觉。因此，他对时间的评价不高。

即使是具体的物质，如果你深入探测它们，它们也不过是模糊的形象。简而言之：思想是不可思议的，而可以思议的物质亦永远不可能被思维掌握。

因此，一切都不存在。

德国人、森林、木棚、鬼魂、狼、村庄清晨的恶臭、草垛、吸血鬼、泥泞的小溪、雪原，在他看来，都像是一些抽象的能量笨拙的、短暂的交集。在他看来，即使是他自己的身体，也像是一种临时力量那任性的来潮。

他用冻伤的手指拂过自己的眉毛时，他觉得好像突然摸到了一颗星星。或者是他晚上在森林的雪中将冻坏了的双腿夹在一起时，他好像是在奋力将两种互相对立的思想调和在一起。他学会了吞食整个的西葫芦和南瓜，吃完西葫芦和南瓜后再吃一些生蘑菇。

但他放过了音乐，暂时还没有把音乐也缩减成它的数学结构。他把这个可能性留给绝望的时刻，最后的出路，一个终极武器。以同样的方式，他也驱散了对妻子和家的记忆：

渴望是一个有毒的陷阱，一个致命的飞镖。在他整个旅程中，他口袋里一直装着一只小口琴。换一个曲调，他就可以升腾到空中，高高地飞入夜间，甚至抛却自己的肉身。他把破麻布塞进磨坏了的红靴子里，抵御着刺骨的寒冷。

孤独和流浪教会这个受过教育的犹太人吃生土豆，用一捧雪解渴，欺骗老狼的嗅觉，在雪中留下倒着走的脚印，让所有追他的人和兽都无所适从。穿过那些盘根错节的森林小道时，他的思想像雷达的射线一样，使他有了探测自己要走的路的能力。就靠着这个能力，他躲开了德国哨兵、游击队，避开了雷区和铁丝网，沿着山谷绕过了充满敌意的村庄，没有受到狐狸、吸血鬼和带着斧子的村民的伤害。在他破烂的衣袖里，他带着一份脏脏的受洗证书，上面是马利亚之子佐贝克·皮尔泽瓦斯基的名字。

如果苦难令他无法自制，他会忘掉自己的尊严，黄昏时从森林的黑暗中出现，借着长长的阴影和带欺骗性的暮色，吓坏孤身一人的农妇，偷一只鹅，或者一些蛋，或者一条羊毛头巾。这片充斥着潮湿和黑暗的森林地带不爱人，也没有人爱。四面八方都封闭着，没有一条逃生之路。于是，他从黑暗走向黑暗，就好像他也披挂着黑暗。

4

日日夜夜地过去了，他的脚发炎了，痛得厉害。忧郁压倒了他，或者有那么一个瞬间，他被渴望搅得六神无主。在哪只洞穴里，他把那双飞毛腿快靴子弄丢了，或者他那件隐形斗篷破了。简而言之，音乐消失了，钟表匠那个成天做梦的儿子变得越来越虚弱，直到他被德国巡逻兵抓住了。

一个瘸腿、圆胖、戴着眼镜的少校从囚犯那里拿过受洗证，那么仔细地研究它，直到上面的文字都褪色了。然后，他耸起一条窄窄的眉毛，命令将马利亚的儿子带到牢房里去：眉毛，恶意的眼睛，沉重的下巴，他的气味，那道粗野的小胡子，一个喜剧电影中的间谍的表情，除此之外，一个巡回教士那撕破了的僧袍，所有跟他有关的东西都那么明显地显得可疑。除此之外，无聊和虱子还在折磨着少校和他的士兵们。

牢房不过是在一家废弃的修道院或神学院的肮脏的地窖：墙上全是十字架和有伤风化的绘画。冷得钻心刺骨，折磨人。

波马兰兹突然想起多年前发生过的一次对话。斯特法把他带去参加歌德学会的哲学晚会。M镇的知识分子们在积极讨论政治的错误和形而上学的错误之间的异同。那些聪明、戴着眼镜的年轻人，所有的人都瘦瘦的，都在偷偷看斯特法的大腿，然后看她那长相平凡、寡言少语的丈夫，然后又看她那有着长长睫毛的眼睛。中了梦魇的斯特法。最初卖弄小聪明的你一言我一语结束之后，赛泽克教授谈到互相冲突的思想，以及它们走向循环的普遍共性。他那张酷似卡尔·马克思的脸照例静静地散发着痛苦的智慧，他说话的时候，声音又温存又疲倦。最后，他们喝茶、吃点心，凌晨时分，哄着斯特法弹一曲忧伤的练习曲，而他们湿润的眼睛盯着她的腰身。

　　下午，波马兰兹被带出地窖，开始了烦琐而随意的审讯：他在哪里、什么时候、为什么、看见了波兹南地区的土豆收成和维斯瓦河的鱼类。审讯中，他们对他失去了兴趣；三个下士进了房间，又有些别人来了，他们开始打牌，把佐贝克·皮尔泽瓦斯基扔在一边，直到电话修好了，或者鲁滕伯格来了，作出了什么决定或者出了什么事。

但他并没有对他抓来的囚犯置之不理。

那些德国人原来都是些粗人。

他徒劳地在他们身上寻找哪怕是一点阴暗的恶魔之火的闪光；他们几个小时几个小时地打牌、咒骂，用他们的冲锋枪打屋顶的排水沟里的瓶子，一晚上都在用猪油炸猪肉。

而这个囚犯，却一刻也不停地跟他们所有人说话。他试着为他们提供娱乐，赢得他们的同情；他试着惹他们发笑，为他们吹他的口琴，甚至开始跟他们吵架。通过互相冲突的思想会产生循环的方法，他试图和他的狱卒们达成某种根本性的协议。毕竟，他和他们都是同一个永恒的结构的组成部分，缺了任何一方，这个结构是无法产生的。

他们开心了。大量听不懂的高雅词汇，在一些人身上唤醒了一种模糊但令人奇怪地甜蜜的儿时记忆。起初，他们给他掺着盐的啤酒来喝。这让他们高兴，于是他们又说了些新笑话。他们琢磨出一个新花招，把喷嚏粉扑在他身上，让他打喷嚏，打得越来越厉害，直到他打个不停。然后，他们狼吞虎咽地吃用猪油炸的猪肉，口水四溅，边吃边吧嗒着嘴，然后，他们把面包屑扔给他，还装出一副好人样子。大家都开心极了。

他们中有个娃娃脸，单纯、粉红而可怜的家伙，他连哄带求，要客人把水变成葡萄酒，把酒变成火，把火再变成水。还有一个阴郁的下士，一个刻苦、专心的学生，身上穿着的军衣大得不合身，看着像少年维特一样，他在肮脏的地板上躺着，求这个打着喷嚏的陌生人别再诱惑他们了，他们受不了这个，他们只不过是一些软弱、低级的东西。还有好多流着口水的醉鬼们，眼里闪着友好的泪花，一直关照着佐贝克·皮尔泽瓦斯基，给他喝的，帮他抓虱子，把他翻过来仰面朝上，然后又把他翻过去趴着。空气中充满着浓浓的烟草、炸脂肪和陈酒的气味。一直到清晨，一直回荡着朗朗的笑声，泪水也哗哗地放肆地流淌着。

然而整个晚上，囚犯却根本没有放松对思想的掌控。他用全副心思和虔敬的热情，用完美的高地德语，带着智慧和温暖大段大段地演说着，一边还打着激烈的喷嚏，大量使用悖论，介绍令人惊奇的假设的可能性，有趣的综合，数学推测，辩证法和更剧烈的喷嚏，他证明了这个结论：他确实是生自一名处女，他们可以用斧子或枪来验证他，他死去然后又复活了，然后带来拯救，呕吐物和啤酒是受洗和祈祷，啊嚏阿门，他一边从脸上擦下他们的唾沫，一边还搜索枯肠想凑出一个综合，绝望之中，他居然还施行了几个小奇迹，不过都没有成功。

简而言之，他有他的德国思想，带着标记和奇迹，他们有他们的猪油。

但是在他们的军装之下，这些德国人不过是粗鄙的农民，是西里西亚或下萨克森的土坷垃，不停地灌着啤酒，眼神空洞：狗熊那浑浊的玻璃眼睛。

即使那个瘸腿的少校，那个一头假金发的胖维京人，也是一个不断打着嗝的老头子，他一晚上，都尖着嗓子哭得死去活来。

这个哨位本身，从前是一个修道院或村里的神学院，现在脏成这个样子，足以让任何欣赏文化的人感到恶心。

于是，波马兰兹突然对抓他的人不耐烦了。

他心里耸了耸肩，完全放弃了学术对峙、思想综合，在他的心目中，他最后告别了那些令人恶心的德国人。

天渐渐亮了，他打嗝、刨地。在那遥远的应许之地，我们所有的愿望都会得到满足。口琴奏出几个悲伤的音符，这个梦一般的孤独的男人，飘到了空中。他从烟囱里飘出去，然后飘到了森林里：形而上学的谬误是不可想象的，而可以想象的谬误发出了猪油脂肪的强烈的恶臭。

5

斯特法将赛泽克教授带到她家里。

德国人进驻镇子的时候，教授那位亚麻色头发的女仆玛莎从这位学者的家中逃走了。教授善于发现圣·奥古斯丁和弗里德里希·尼采之间暗藏的联系，却从来没有费心学会怎么给自己打领带。

他是一个孤单、无助的老年男子。他弯腰在炉前点火时，会给自己弄一身煤灰，他给炉子加煤时，又会燎了胡子。浓烟熏得他什么也看不见，他那深埋在浓密的白胡子里的眼睛也被熏得泪汪汪的。不管他的朋友怎么跟他说，他都坚持认为，玛莎是因为一个男人离开了他和他的家，等她的爱情冷淡下来，她肯定还是会回来的。玛莎的猫不也是这样吗——它也是跑走了，等时候过了，它就还是回来了。连他和散布在欧洲各地的朋友的通信联系也慢慢变得稀疏了。最糟糕的是，歌德学会停止了活动，歌德学者们好像也烟消云散了。

说不定他们都逃进了地窖，逃进了森林，只有他被人忘掉了？

在他们黑暗的藏身之地，就着烛光，所有的歌德学者每天晚上聚会，低声开会。他们会起草一份震撼人心的文件，让整个世界恢复理智。德国会睁开双眼，充满内疚。与此同时，斯特法来了；醉鬼园丁"耶稣快跑"，把几个箱子、包包、成堆的文件、照片和羊毛内衣装上一辆小手推车，那天晚上，教授被接到了斯特法家里。世道不容易。

向晚时分，太阳将落，当玛莎·别掐我投身于哪个小公务员或蓄着胡须的警察的怀中的时候，当歌德学者们在燃着烛光的地窖里一个字一个字小心翼翼地咬文嚼字的时候，教授会在窗前独自伫立半个小时或者更长的时间，思考着这一天的消逝。他能看见潮湿的灰色寒风呼啸着吹过 M 镇，吹过广阔的冬天的旷野，吹动冷杉林，对着小茅屋的窗户呼号。远远地，他能够看见小木棚和高塔。小木棚和高塔之外，华沙的灯火渐渐熄灭，浑浊的波罗的海涨潮了，夜幕笼罩着柏林，高高的山谷里那些陡峭的沟壑晦暗下来，他能感觉到，那些大河、伏尔加河、莱茵河，在黑暗中涌流，黑暗笼罩着比利牛斯山和亚平宁山的山顶，黑暗笼罩着北方的草原和巴尔干的山峦，然后，在这一切之上，草原之狼对着孤独的高塔，发出痛苦的、刺耳的嚎叫。然后，斯特法会温柔地抚摸他的肩头。赛泽克教授弯腰看着自己的手表，开始认真看上面的时间，然后宣布：

"外面天黑了。"

斯特法拉下厚厚的窗帘，点着灯，把老学究拉到扶手椅跟前，给他们俩都倒上酒。教授那些带着智慧和痛苦的卡尔·马尔思式的五官会慢慢开朗起来，带着痛苦，就像是意志做出了强大的努力，直到最后终于有一点羞涩的微笑的模样。斯特法说：

"愉快的夜晚。"

教授则会梦幻一般地，温柔地，带着一点距离，马上回答道：

"是个愉快的夜晚，斯特法，确实愉快。"

斯特法是多么喜欢最初那些早晨的气氛啊。她把一杯热咖啡带到他床前，不管她来得多早，赛泽克教授总是在等着她，他的蓝眼睛睁得大大的，用精心选择的措辞说清晨是多么美丽，从花园里传来的鸟鸣有多么纯洁，还有净化一切的力量。她会帮助他起床，为他梳理那厚厚的大胡子，帮他系好领带，拉直袖口，然后给他那像预言家一样的长长头发喷上一点科隆香水。然后她会拉着他的手，把这个威严的、精心梳洗打扮的老人拉到早餐桌前，他作好了一切准备，要面对这新的一天。

该上床睡觉时，她，这个冷静的学术美人，会坐在他床前，温柔地为他唱歌，带着一点农家姑娘的口音，为他唱那个亚麻色头发的玛莎曾经为他唱的民歌：只有这些民歌能够把他送入纯洁的睡神的梦乡。她光着脚，穿着睡袍，直直的身段，她会在半夜时分轻轻来到他的卧室，看看他的夜灯是不是熄灭了。他那均匀的孩童般的呼吸，给斯特法带来了一种安宁感。

一天天过去了，一个个星期过去了，时不时的，在毫无预料的时刻，会突然有一点轻轻的接触：她的手触碰到了他的手，一缕旋律飘过一座废墟。

老人成天默默坐在炉火跟前，陷入沉思。他脚下，那两只猫，肖邦和叔本华，蜷缩在一起睡觉。玛莎马上会回来的。冬天会过去。雅罗斯瓦夫大道上，核桃树会开花，装满木材的筏子会重新沿着河流漂流而下，钓鱼人会一动不动地坐在河岸边。与此同时，窗外的风怒号着，因为现在是冬天，这里正是冬天所在的地方。

斯特法会说：

"每天过得这么慢，就像时间停顿下来了一样。"

赛泽克教授：

"虽然房间里这么暖和，我的脚还是冷。"

斯特法：

"要不喝点白兰地。或者茶。"

赛泽克：

"好啊，真的，斯特法，你昨天带来的墨水太稀了。半夜的时候，又有叮叮当当的声音。深更半夜的什么人在街上修玻璃？"

有时候，临近夜晚时，教授会鼓起暗藏的力量；他会从椅子上站起来，迈着精致的步子在地毯上来回踱步，一只小发卡把一只羊毛小帽固定在他的长发上，然后口述出一两个想法，让斯特法记录下来。然后，他会请斯特法弹钢琴，而他自己，蜷缩着，带着痛苦，看起来像是瓶子里装着的干瘪的胚胎，突然会挑战尼采关于悲剧是从音乐精神里诞生出来的观点。他的话语都贯穿着压抑着的痛苦，当他停止说话，转身向渐渐暗下去的窗外看去时，斯特法觉得空气像是被充电了一样。整个冬天，他都在脑子里打造着材料，准备将来从事一项关于人与人之间的痛苦关系的项目。所有不同的关系：男人和女人。父亲和儿子。兄弟之间。松散的网球对手。主人和奴隶。教师和学生。迫害者和受害者。爱的人和被爱的人。一对陌生人。

赛泽克教授讲话时，有时候，斯特法敢肯定，有一种特殊的气味和他的话语一起飘出来，充斥了整个房间，一种粗粗的棕色的气味，就像秋天即将枯萎的栗子树叶的气味。

黑暗来临了，用暮色那长长的手指试探着路径，像黑死病一样在欧洲扩散，弥漫在溪流和白桦树上，弥漫在封闭的城市和荒凉的苔原上，弥漫在波兰和波兰的森林中，然后飘进房间，钻入扶手椅下面，包围了猫、书架、饰件、粉色的马蒂斯画中的姑娘、威胁着她的非洲武士、标本熊头的眼中的闪光、赛泽克教授那低沉忧伤的声音中的黑暗，用毫无歧义的语法确认着所有法律的循环性，解开死亡和疯狂、爱和慈悲之间那些盘根错节的关系。神秘的推理。他会说，就比如这个夜晚吧，这里的夜晚，所有地方的夜晚。

夜色像沉重的幕布一样笼罩着 M 镇，裹挟着圣斯蒂文教

22

堂那炸毁了的钟楼，掩盖了码头，让它们看起来骚动而庞大，沉重地压迫着马格达伦巷里那破碎的喷泉，绝望地拥抱着雅罗斯瓦夫大道、音乐厅、郊外那些木棚、那些穿着气势汹汹的大衣的卫兵、河，染黑了白雪覆盖的大地，把森林的符咒编织在小镇上空，将小镇变成了森林。

6

还有。

斯特法太吃惊了，简直不敢相信自己的眼睛：一只没有表针的古董钟装饰着客厅的一个角落，现在，赛泽克教授突然用他那娇贵的手指，成功地鼓捣得它从钟堂深处发出了几声模糊的钟声。

原来，就像逃进森林的波马兰兹一样，赛泽克教授也是一个钟表匠的儿子。斯特法问自己，还有什么人不是钟表匠的儿子啊。有些村庄里曾经流行过一首歌，说的就是犹太人和钟表之间的关系：

> 早上好，好早上，亲爱的犹太先生，
> 我跟你提出一个好交易：
> 你有一只手表，我有一只斧子——
> 你把手表丢给我，看我能否把它抓住。

教授突然想起了这首歌，但他想，斯特法肯定从来没有听说过这首歌，而且她肯定也不想听；于是，他克制住自己，只是在大胡子底下轻轻哼着这首歌的曲子，而且，以他惯常的风格，就像这件事需要超常的体力一样，他发出了一个非常轻的微笑。外面雪地的黑暗中，走过一个裹得厚厚的德国巡逻兵。

每个星期，局势都越来越糟糕，甚至一天一天地变坏。斯特法偶尔会强忍着一声抽泣。一条面包要四个兹罗提。园丁"耶稣快跑"把院子里的苹果树砍了，让炉火能够多烧几天。为了弥补沉默无言的缺陷，他尽力表现得十分快活，以此来加以补偿。清晨时分，天空被远处的火光照得通红。一个老人道主义者抱怨道，有个德国士兵大白天在镇里的大街上喊了他的外号。一百零六个剃了光头的孤儿被从孤儿院中接走，用一辆运牲口的卡车运到了黑海边上一个度假营地，有人说是运到了马达加斯加。村里充满了离奇的猜测、流言蜚语、黑市怪论，和原始的迷信。

镇上的军事指挥官冯·托普夫男爵将军命令他的下属仔细地考察镇上的登记簿，收集一份镇上积极参与音乐活动的完整详细的名单。根据这个名单，将军组织了一个私人的自由民交响乐队，还有一个历史学家的圈子，他们在早上特别早的时候，就被叫到总管的办公室去进行简短的讨论。

于是每个星期天早上，一个热情的乐队就在圣斯蒂文教堂门口的广场上表演，一个说德语的大喇叭快乐地邀请听众们随着音乐跳舞。他还命令在钟楼的废墟上让费利西塔斯嬷嬷蒙羞——就像 stigma 这个词的本意那样，耶稣十字架受难后在身上留下的印记。他想进行一项试验：他突然想一了百了地解决这个千年争议，看看这个很多人都相信的说法究竟有没有任何真实性：童贞女马利亚给予波兰的十字架特别的恩典。如果她确实给了，这种特别的恩典是否依然保留着。由于一种模式不能建立在单独一个案例上，冯·托普夫还用几种不同的方法进行研究。他热情地坚信神学和形而上学之间的模糊地带。据谣传，他晚上在学希伯来语，或者是在试着学希伯来语。此外，从他青少年时代开始，修女们就对他有特别的吸引力。

赛泽克对斯特法说：

"我有责任和他谈谈。这个情况必须澄清。斯特法亲爱的，你哪天一定要请他来谈谈，喝茶，这样我们可以要求他给我们一个解释。"

斯特法说：

"这个风险太大了。即使你的文章也不是你自己的。"

老先生考量了一下，承认了这个事实。他漫不经心地抚摸着一只暹罗猫，然后他往后靠着，轻轻地抚摸着椅子的扶手。他怎么能够不那么戏剧化，但又能够使用斯特法即使在梦中也不会忘记的词汇。末了，他说：

"不过，斯特法。的确。我们没有逃进森林，对吧？我们为什么拒绝逃走？的确，亲爱的斯特法，因为危险这个词没有外在的合理性。我们一直在教授，真正的危险永远是来自内部，最近我们还把它印出来了。我最优秀的斯特法，我们难道有权利背弃我们自己教授过的东西吗？诚然，在一个个人或群体的生命中，总会有些时刻，沉默等于是最可怕地滥用言论。不，斯特法，不，我亲爱的，不，我们在这里，我们就在这里傲然站立，我们就不可能在别的地方。面对邪恶时，我们必须站起来说：邪恶！现在我们喝茶。"

斯特法有点拘谨，但很踊跃地，几乎是兴奋地拍手鼓掌，不过，她嘴角流露出一种新的果决。

"是，该喝茶了，我亲爱的教授；我知道你肯定等着你的茶。您坐在桌子那头好吗？这是你的餐巾，你的勺子，这是茶炊。"

她把餐巾套在他脖子上，保护他的褐色西装，把勺子放在他手里，熟练地从他肩头掸掉一根白发，倒了两杯茶，朝赛泽克教授点头示意。

圣人要黄油，没有要到：境况不佳。于是他示意他们开始，犹犹豫豫地喝了一口，说：

"麻烦你开一下灯。把书房的灯也打开。喝完茶，我想口述一封信给马丁·海德格尔。他的立场对我来说是一个谜。我有意没说失望。一封苏格拉底式的信。也就是说，我会向他提出几个问题。只有问题，别的什么都没有。是的，斯特法，我会听你的，压低我的声音，但我不能停止说话。至于妥协，我亲爱的，你和我都可以明天早上一起来就离开这里，到美国或巴勒斯坦去，好像是说，邪恶让我们恶心，但这不关我们的事情。但这不是我们所教授的东西，这不是我们所书写的东西，这也不是我们坚持的东西。将邪恶看作邪恶的人的私人事务，这是疯了，就像饥饿并不是挨饿的人的私人事务，疾病不是病人的私人事务，死亡也不是死人的问题，而是活着的人的问题，也就是说，我们的问题，我独一无二的斯特法。今天又降温了，显然，天气要更冷了。你得花一点时间思考一下马丁·路德。路德粗鲁无知，但为我们提供了一条摆脱道德困境的途径。但是，我的斯特法，我们是否应该遵循这条廉价的出路？斯特法，不，我的斯特法，即使是在这场大黑暗中，我们也必须坚持我们自己的路线。又是街上那个修玻璃的声音——在花园里——就像一块块玻璃挂在树枝上，风把它们吹得叮叮当当响。斯特法，这是什么声音，这个声音象征着什么，如果它确实象征着什么东西的话？"

斯特法说：

"我没听见什么叮叮当当声。窗户关着，百叶窗也关着。那儿什么都没有。"

灯光闪烁着，镌刻着智慧和痛苦的卡尔·马克思式的脸也一会儿发亮，一会儿发暗，一会儿又亮起来，那温暖的声音传遍房间，就像在寻找窗帘紧闭的窗外的黑暗。他怎么能，斯特法想，他怎么能请我开灯。此时此刻。这已经是最后的日子了。再也没有时间了。

就在这一刻，一个受尽折磨、瘦弱的身形无声地飘入房间，笑得合不拢嘴，是那个外号叫耶稣快跑的醉鬼园丁。他鞠了两个躬，先是朝他的主人和女主人，然后是朝着墙，说不定是朝那个熊头鞠躬。他在炉子里放下一些潮湿的木头，又坏坏地笑了笑，露出他的一嘴烂牙，然后从斯特法那里要了他的工资和保持沉默的代价。突然，他开始乞求，急促地哭泣着，剧烈地咳嗽着，他的声音像是狐狸的嘶鸣：

"越来越多呢，那些东西。没有人看管着它们，就这么回事。他们像虱子一样传播。上百万个。他们还笑着呢，这帮狗血。这有什么好笑的，啊？用不了多久，我们都得站着睡觉，晚上都没有地方躺下了。每一分钟就生出一千个来。他们一生出来就开始繁殖。用他们自己的母亲的子宫，这帮狗娘养的。他们就这么繁殖。就像瘟疫一样。神圣的马利亚，原谅我这么说。有足够的水给我们和他们喝吗，啊？没有，不够。狗血，不够。现在，看看我，我是个有病的人，病入膏肓了，我可怜的腿，我还咳嗽，更严重的是，我是个罪人，但是，难道我不是和任何人一样，该有点水喝？上百万个他们。每一分钟都有人出生，有些人说成千上万，有些人说更多，教堂里的老鼠也比不过他们。结果呢？上百万的他们死于饥渴。水不够喝。甚至连站立的空间都没有。没有足够的空气来呼吸。星期二，我给你带来了鸡蛋和土豆，要是上帝有旨意的话，还会有羽毛。别忘了还有面粉。如果河干了，他们喝什么呢，啊？那帮人还会把空气都呼吸光了，然后，我们都会憋死，呃，就像麻风狗一样。今天真冷啊，好心的先生和女士，特别冷。耶稣保佑我别这么冷啊。我，我是个有病的人，一个咳嗽的人，我告诉你一个秘密，我也是狗血。但耶稣不会笑话我。当那帮人，那帮该死的东西，一刻也不停地在那里繁殖的时候，我们要是还在笑，那就太傻了，好心的先生和女士，傻，罪过，不敬，这儿没有什么好笑的。耶稣保佑你们两位。"

　　橱柜上摆着那个涂着战争油漆的愤怒的非洲武士雕刻。这个野蛮人夜以继日地用他那硕大、奇特的性器官恐吓着马蒂斯画中那个惊恐万状的姑娘。熊的头，居高临下地往下看着，意外地沉默。
　　它的玻璃眼反射着烛光，反射出闪烁的火花。

7

又是黑色森林中的宁静。夜风的抚慰。沉默的寒霜。踩踏的泥泞。无法逃亡的飞翔。如果你拼尽全力挥舞，斧子会砍坏。

在冰壳下面躲藏着不同的力量，远离冰的本性，也根本没有和平和安宁。那些无法用公式或咒语驱除的强大的力量。即使是音乐，也一夜一夜地抛弃了你，流入夜晚，带着夜晚的力量，朝你磨着它的牙齿。

在深深的邪恶的波兰森林中在深深的黑暗中在潮湿的下层丛林的子宫里，可以看见巨大的攀缘植物的阴影用沉默的愤怒掐住死树的枝干令它窒息就像从一个绝望的爱的拥抱中挤出最后的点点滴滴。

波马兰兹突然受够了。

他厌倦了四处流浪，厌倦了农民，厌倦了德国人，厌倦了瑟瑟作响的枞树，厌倦了像个病兽一样四处逃亡。

厌倦了雪和火和风。

于是，他用尽全身所有的气力朝着他们吹口琴，直到俄国人听见了，然后一路挺进了所有的河流，桑河、布格河、维斯瓦河。

战争结束了。

8

血液中毒。肺炎。衰竭。

系着宽腰带、吸着陶制烟管的大块头农夫，一帮胡子拉碴的可疑的人物，把波马兰兹带到匈牙利北部一个摇摇欲坠的医院。那儿是一条又窄又长的山谷，喀尔巴阡山的溪流冲出了这片沼泽地带。这儿的人们养着瘦型猪，种着奇怪的蔬菜，生来就有缺陷的孩子多得出奇。

公爵军队的兵营，现在变成了一个革命医院，这儿起初可能是一间马厩。墙上涂着歪歪扭扭的匈牙利十字架。每一只十字架顶上，有人钉上了俄国革命领袖的颜色鲜艳的画像。这些画像是匆匆忙忙或者是笨拙地从什么宣传册子上撕下来的，边角都很不整齐。

波马兰兹被放在两堆草上面。他的大腿根和腋下都喷了DDT药剂，他们还从德国人留下的库存里拿出抗梅毒药片让他服下。别的药还没有。

有一个鲁塞尼亚大夫，像一只蚂蚱那么瘦小，被尼古丁

34

毁掉了。他真心诚意地相信，佐贝克·皮尔泽瓦斯基是处女之子，从死亡中复苏过来了。不过，他又认为斯大林是处女之子，波兰元帅希米格维-雷兹也是，几个本地牧羊人也是，最后，他突然爆发出愤怒的高喊——说他自己也是处女之子。

总而言之，这个没有洗漱的鲁塞尼亚大夫认为，所有无产阶级，除了庞提乌斯·彼拉多或加略的犹大以外，都是耶稣。他用排除法进行论证：如果你不是耶稣，那么你是谁？为了证实这个推理，并且证明他发明了阿司匹林，他拿出了一个用乌克兰方言书写和封住的羊皮卷，他还坚持说，作家果戈理的早期作品就使用了这种方言。

本地一个独膊的风琴手热情支持医生的所有观点，据说他和巴赫家族有毫无争议的亲戚关系；他曾经在布达佩斯的一家歌舞厅靠表演吃活苍蝇为生，现在，他喜欢踢每一道门、大喊大叫。他们活该，他们活该，他们罪有应得，这帮臭鼬，从陆地、海洋和空中打击他们的所有弹药，只不过是天堂、在天使层、甚至在太阳系以外等候着他们的惩罚的预兆而已，如果你安静一会儿，你自己也可以听见磨刀霍霍的声音。

波马兰兹静静地躺着。他在恢复自己的体力。这个地方使他得到了完美的休息和康复。他碰也没碰自己的口琴。

一天晚上，就着疯狂的匈牙利烛光，这个鲁塞尼亚大夫进来了，狂野地嘶喊着，把童贞女马利亚本人带到了病人床前。她身上带着牛奶、黑麦和羊屎的气味，她大部分牙齿都没了。波马兰兹大睁着双眼，撕下她身上的衣衫，吸进她的味道，犹太人的孤独突然充满他的身心，于是，他的灵魂要高声嚎叫。但是，他那钟表匠的手指仍然保持着它们的准确和专业技能。他的手指让童贞女马利亚发出尖声傻笑，乞求的呜咽，绝望的叹息，她开始用她的腿她的牙齿她的指甲进行狂欢。医生和他的风琴手朋友站在破烂的草垫旁边，当一阵穿堂风从地窖狂扫而过时，他们用手为那跳跃的火苗挡着风，他们像一个天使合唱团一样齐声唱着圣母颂，直到实现了预言，童贞女被带出马厩，笑着骂着流着血流着汗流着眼泪。

波马兰兹也恢复了。他起来了，重新上路，走向春天常驻的应许之地。

9

　　那块土地在哪里，那应许之地，至福之地，我们旅程的
终点？

　　波马兰兹现在带着几种新的身份证明：

　　保加利亚；

　　波兰；

　　红十字会；

　　犹太协会；

　　红色兄弟会。

　　有时候，他甚至有整包的罗马尼亚香烟。一件俄式大衣。
高档的带皮毛的德国靴子。此外，还有联合分配委员会发的
一双毛手套。这是一条缓慢、疯狂的旅程，走遍了整个巴尔
干半岛。就像他灵魂内部的流淌被突然打断，于是他需要流
连，需要准备，需要清算一切债务。他试过维也纳。他试过
南蒂罗尔。有一次，在一个以马克斯·诺尔道命名的犹太复
国主义青年旅舍，波马兰兹碰巧听到了来自他的应许之地的

福音。大卫·本-古里安在前往伦敦途中，在这里待了一个晚上，带着激情和内心深处强烈的信念，对幸存者们发表讲话，我们心中燃烧着火焰，人类的遗屑将再次成为一个民族，我们要重建圣殿，用绿色的火焰重新点燃这片土地。

波马兰兹差点儿拿出他的口琴，为这个演说伴奏。

不过，第二天早上，难民中流传开一个十分肯定的谣言，说昨天那个演讲的根本不是本-古里安，而是另外一个人。一个冒牌，一个替身，一个用来吸引暗杀者的傀儡。

于是，这个成天做梦的钟表匠的儿子就开始发疯一般的买卖一包一包的衣服。暂时就这样吧。独自一人的时候，他不断地打嗝。他碰也不碰口琴。口琴还在吗，还是连口琴也是个替身，是有意冒充?

现在，他只是在没有人看见的时候才行一点小奇迹。而且，他有意将自己的行为限定为小小的微不足道的行动，比如说，用钢笔点着一支香烟，或者治牙痛。如果有鸡可偷，他可不在乎把鸡全给偷了。

然后把它们卖了换里拉。然后把里拉换成德拉克马。再换成美元。暂时就这样。

在比雷埃夫斯，他有几个星期和一些波兰逃兵一起从一个海港往另一个海港走私缝纫机零件，一直往西倒腾到了马赛。他的工作是除锈，然后在上面打上假名字，给它们涂上让人信以为真的颜色。那些逃兵大部分都是老水手，他们管波马兰兹叫老大，因为他们欣喜若狂地相信，玛格达·伊莎沃尔斯卡公主和先教皇怀了一个私生子，而他就是她的儿子。

一天晚上，他们用缝纫机油把他涂抹加冕成了新波兰的国王。整个晚上，他们欢叫歌唱，震得酒馆的墙壁直晃。据谣传，美国人马上就要在爱琴海群岛建立一个由第九空降师保护的波兰王国。情况改变了再说。等时机成熟，他们将用一条巨大的运河将希腊和波罗的海连起来。

这些逃兵在准备新波兰的黎明：净化他们的灵魂，热情地期待着那个伟大的时刻，全心全意地偷窃一切他们觉得那一天可能需要的东西：衣物、食品、酒、步枪和手枪，尤其是旗帜和号角。波马兰兹本人则负责印刷，印制了大量的瑞士期票。

他对自己说：

酒、沙丁鱼、女人、大衣、香烟，你一分钱不花就都得到了。他们什么都不跟你要。如果哪些星辰突然醒来，黎明前在远方突然开始歌唱，那么，行啊，你就在比雷埃夫斯的河岸上独自站到天亮，全力集中注意力，安静地聆听。你不必回答。这是希腊。新波兰王国。跟美国哨兵说晚安。接过一支香烟。皮尔泽瓦斯基末世或者是米奇斯瓦夫一世，站在那里，把领子竖起来抽烟。由于大海近在咫尺，把闪闪放光的烟头奉献给黑色的海水吧。

10

斯特法和教授一起给海德格尔教授发了一封长长的愤怒的控告信。

因为各种原因，这封信走丢了，没有寄到哲学家那里。

形势更加恶化了。雪、折磨、压抑的愤怒围困着 M 镇。

夜晚的狂风用它恶毒的獠牙追逐着一切。铁路货车晚间满载而去，第二天早上空车而归。斯沃瓦茨基、哥白尼和毕苏斯基等街名被拆下来了。连核桃树都被挖起来烤火。犹太人被从镇子里带过来，让他们学习生产技能，为前往巴勒斯坦进行训练。从远处带来的乌克兰农民在作坊里日以继夜地劳作，山上和房顶都设立了机关枪掩体，铁丝网分开了雅罗斯瓦夫大道，连公园里的长凳都被拆开了，用车子拉到了铸造厂。穿过一片片的雾霭，能够看见远处村庄里冉冉升起高高细细的火焰。镇子变得丑陋、平凡。

最糟糕的是，军事指挥官冯·托普夫男爵将军发现自己有点不舒服。由于气候潮湿，由于担负的重大责任，由于公务的重负，由于文化地平线越来越狭窄，他身上长出了一个很丑的东西。

白天夜晚，很多大夫走马灯似的来来去去。进行了一次会诊。请柏林的绍尔布鲁赫教授写了个书面意见。与此同时，那个东西长大了，扩散了：它从下椎骨那里长出来，引起了没完没了的不快和尴尬，要求他给人提供令人感到羞辱的解释，它撑满了裤子，它顽固地下垂着，要费好大劲才能设法把它藏在长及膝盖的靴子里；它热乎乎的，挺有主见，棕色的；它是一个吓人的、不雅的赘物，一个毛茸茸、离谱的后缀，男爵将军发号施令，它就会剧烈摇摆，不过，更多的时候，它故意违反他的明确指令，一个调皮捣蛋的延伸物，既依赖他又独立于他，既藐视品味又违反军事纪律，冲出了熨得笔直的裤子，令他感到羞耻和愤怒。

简而言之，一条尾巴。

因此，冯·托普夫男爵对镇上的知识分子们越来越冷淡了。他这个曾经设立了历史学会、交响乐团，安排了神学哲学讨论的人。有些事情，不管根据什么标准，都违反了好品位。比如说：

在老古堡里举行了一次宴会，就是在纪念波兰国王的荣耀的那些庄严的石墙后面。长官邀请了知识分子里的所有头面人物。没有一个人拒绝邀请，他们不想损坏他们的集体礼貌态度。他们得到了一个特别通行证，让他们那天晚上宵禁期间也能前来。猎人餐厅的法国大厨也被请来露一手。穿着晚装的客人被护送到桥上被禁的那一头，他们进入卡齐米日大厅时，哨兵们向他们敬礼。每张桌子上有四只一模一样的花瓶，每只花瓶里有对称插着的菊花。参谋人员出现了，纤尘不染；镇里的交响乐队准备好了，等着演奏。主持人进来了，立正，宣布副官来了，副官进来，立正，宣布军事长官、冯·托普夫男爵将军来了，他匆匆忙忙瘸着腿走到桌首，坐下，给大家打了个手势，让他们稍息。长官有个激动人心的消息要宣布：就在晚宴前，也就是最后一刻，人们发现，歌德学会的主席、著名哲学家赛泽克教授，就在本镇深度隐居，不理会他那众多的波兰和德国崇拜者；他们将会很荣幸，长官本人的车已经被派去接那个伟大的人，他就在这里。男爵并了脚跟，向思想家鞠躬，亲吻了他的手，一边说着客气话，一边和他的客人一起走到他们的位置。音乐。

还要加一句，为了增加一点异国风味，一头在斯摩棱斯克地区捉到的真俄国熊也被紧急召到了现场。晚餐上讨论的话题有伤亡问题，有些令人吃惊的变化，客人也没能幸免。在以优雅的德语进行的讨论过程中，有人给赛泽克教授和其他客人上了猪蹄和鱼子酱，也给来自俄国的客人上了和教授一样的菜。于是，由冯·托普夫男爵将军主持，由一个波兰人担任辩护律师，一位德国参谋人员起诉，俄国熊受到了军事法庭审判。整个审判过程中，被告完全蓬头垢面，沉默寡言，一举一动都表现出俄国式的阴郁、斯多葛式的隐忍和一种几乎病态的态度。大家在倾听案件时，他看起来像是昏昏沉沉的，有点阴沉，沉重，典型的斯拉夫人风格。一把尖刀割开了他的布尔什维克毛皮，他的肉用杏仁和炒蛋黄装饰着端了上来。客人可以随便选红葡萄酒或白葡萄酒。

后来，武装卫兵听从副官的命令，关了所有的灯，聚会在黑暗中继续进行，一直到天亮。波兰知识分子，以他们惯常的方式，充满着自怜、悲剧情感和戏剧性的排场。确实，外面，在古堡的窗外，几辆大卡车在等着客人离开。有人命令斯特法弹钢琴。她听从了这个礼貌的命令，一直弹到天亮，她弹着肖邦、舒伯特、幻想曲和变奏曲，鼓动服从和反抗，波兰人和德国人在忧郁的辉煌中的灵魂的婚姻，猪油里炸的猪肉。

总而言之，这个晚上改变了斯特法身上的某种东西。某种东西变得强硬了。和那个钟表匠的成天做梦的儿子有了某种亲近感。如果她知道他是不是在附近、他在哪里就好了。

黎明时分，一个陌生人进来，抓住了斯特法的胳膊。他鞠躬两次，带着一个调教良好的侍者的微笑，客客气气地将斯特法带到了这个古老的城堡的地下层，穿过长满苔藓的地窖，墙下曲里拐弯的洞穴，蜿蜒的楼梯，一个岩石凿成的迷宫，穿过生锈的盾牌和漂白的骷髅，波兰腐臭的深处，我们往前，往东，朝着正在升起的太阳走去，一个新的黎明会降临在森林上空，风景将会再次变得明亮，金色的麦田一直延伸到远方，往前伸延，也在伸向东方。

陌生人瘦得出奇，看着像个死人，个子极高。他一路保护着斯特法，将她安全地、准时地带到俄国前线。

大块头笑嘻嘻的农妇们用她们疲倦的歌声迎接着她，到处都伴随着巴拉莱卡琴那带着甜蜜的忧愁。

战争结束了。

11

应许之地:

在那里生活在自由之中,在那里繁荣,纯洁而自由,在那里,我们的希望将得到实现——行动中的思想将会停止。

打倒噩梦,直视光明,在夏天那蓝色的光明中重新开始。定——居;下——来。在沙龙地区,沙龙的玫瑰灿烂绽放;在山谷,山谷中的百合灿烂绽放;在山上,带来好消息的信使的脚。而那道浅浅的调皮的小胡子也会永远消失。开始新的生活。和解。回归土地,重获青春,身体和精神都得到康复,疲惫的得到休息,受伤的得到膏脂,要有光。

1949 年,有了几次痛苦的经历以后,波马兰兹终于被迫认识到,对一个犹太人来说,唯一安全的避难所是在他祖先的土地上建立的他自己的国家,于是,这个流浪的犹太人终于来到了以色列。他有点积蓄,有几种巴尔干货币,也有些美元,在他的旅行途中,他也产生了某种商业意识。但他没有把眼界放得太高。他想平平安安地居住在这个国家,躬耕土地。找到适合自己的水平。他下定决心以某种方式在什么地方养活自己，同时在身心两方面做好准备，要在土地上劳作，或许就在一个基布兹里。目前，他在太巴列得到了一个一居室的公寓，俯瞰着加利利海，这是一个阿拉伯人的家，这家人都逃走了。

他在一条窄窄的偏街上找到了一个小小的安全的铺子，似乎能够满足他的要求。他把这个铺子租了下来，打扫干净，装修了一下，他花掉了自己的积蓄，买了一个柜台、几副架子、一只电扇、一把椅子、一幅画，他把铺子摆设好，他把铺子又摆设了一遍，他的整个身体都因为他的努力和感情而颤抖。

做好一切准备以后，他在一张大卡片上激动地写下一句两个词的希伯来诗歌：

波马兰兹

钟表匠

写这些词的时候，波马兰兹四十三岁。有那么一会儿，他经历了一种迟到的爱情。他内心里的什么东西被扫除了、融化了、释放了。

接下来，他建立了一种常规习惯。他窗户外面的护栏是弯曲的生锈的蔓藤花纹。他把它们都粉刷了一遍。他救活了窗台上的盒子里种的天竺葵。低低的天花板，在他头顶上柔和地弯曲伸展着，好像是在试图证明伊曼纽尔·赛泽克教授的万有循环论。

不再年轻，在一个新的地方、陌生的气候环境里开始一种新的日常习惯，周围环绕着陌生的物体。小事上必须慎之又慎，买刷子，插上那只高高瘦瘦的水壶，过马路，陌生的售货员和警察，邻居的狗和孩子，希伯来语的复制的广告。

他的商店对面，有一个修汽车的车铺。一个摇摇欲坠的棚子。有个年轻人在那儿干活，他差不多还是个孩子，晒伤的皮肤，小胡子。波马兰兹从他的铺子里盯着他，因为这个英俊、自信的年轻人有自言自语的习惯。一天中最热的那几个小时，铺子里没有别人的时候，波马兰兹从他的铺子的窗户里，能够看到他弯腰对着一堆垃圾，一边踢，一边嘴里嘟嘟囔囔，用手做出请求的姿势，然后又挥挥手表示不必了，把手抬到脸上，好像看见了灾难，绝望地垂下头，垂着肩，垂着手，然后又嘟嘟囔囔一遍，然后突然用手捂着嘴巴，匆匆消失在棚子里。空气中充满了各种各样的气味：沉浸在油腻和汽油的灰尘的气味，金属在闷热的热气中被焊接的气味，还有一只无法发动的发动机那痛苦的呻吟。

　　修理钟表的工作带来一种冷静的快乐的感觉，一种秩序的力量逐步动员的过程。这种经验和疗养很类似，差不多就像数学上的乐趣，一种接近音乐的东西。

　　他把一条窄窄的光线集中在他的活计上，左眼眶上戴上一只放大玻璃镜，拿起一只精致的镊子。他的一双手已经学会了冷静和自我控制。钟表上的时间岔开了，他给调准，让它恢复均匀的运动节奏。有时候，他在给修理活计定价时，还要考虑他在修理过程中得到了多少快乐。

　　下班以后，他回到家中，换上一件干净衬衫，给自己端上面包、酸奶、新鲜椰枣和咖啡。他坐在自己买来的摇椅上，接连一两个小时，看着窗外棕榈树那起伏的曲线、远处的山峦，和它们在湖水中的倒影。他慢慢地，十分谨慎地，和炽烈的光亮、和陌生、令人不安的风景进行辩论。谈判，考虑条款，就算式讨价还价，考证其他建议，永远对诱饵和陷阱心存戒备。这个过程特别有趣，尽管它也令人感到疲惫。慢慢地，他开始康复，因为欧洲很遥远，而这个避难所，就避难所来说，也可以是安全、可靠的。

旅途的终点，波马兰兹对自己说。

　　时间悠悠流逝，依然是眯着一只眼睛，依然是成天做梦，波马兰兹开始继续他从前的研究，他有十多年没有碰这些课题了，这些介于纯数学和理论物理之间的课题。回程很艰难、辛苦，因为在这个地方，俯瞰着加利利海，同样的数字似乎演奏着不同的音符。数学的蔓藤花纹。

　　春天时，秋天时，甚至是在美丽的冬日，波马兰兹都有一个在一日将尽时散步一小段的习惯。温和而忧郁，像轻柔的西风，像远处的爱抚，他穿过太巴列的街道，用他手杖头试试公园的长椅和路上铺的石头是不是结实，敲一敲棕榈树的树干，一动不动地站立一会儿，闭着眼睛，所有的感官机能都紧张起来。说不定他能听见一个答案。

　　是不是可以想象，它会在这里出现，一个暗示，一个声音，一个标记？

　　有时候，他也会信步走到一个正在变得晦暗的湖边，靠近一道木码头，或者一个小渔港。他会在这里伫立良久，阴影包裹着他，就像进行初步侦察的密探。

　　他会转身离开，点着头，就像内心正纠缠着一场辩论。

上山回家的路上，他会流连忘返，试着数树上有多少只鸟儿在鸣叫，庄重地思考着湖对岸那正在被黑暗吞噬的山峦，尽量记住所有的细节。然后，他会走回家去。

在他看来，太巴列像是一个无足轻重的镇子，建在浅浅的地基上，好像是在两个不同的节奏间摇摆不定。高高的棕榈树带着渴望伸向天空；低低的拱门俯首鞠躬。但是，棕榈的傲慢，和拱门的谦卑，只不过是同一个内在观念的两种不同的表现而已。

当局在不同的地方安装了涂着绿油漆的长凳，周围有一些可怜的花草植物，还竖着一些禁令。有人在不同的地方开始盖一座举世无双的大楼，但盖到两层的时候就后悔了，认识到了他一开始没有想到的问题，然后就改变了主意。月复一月，单薄的建筑沿着山脚盖了起来。小小的方块盒子，粉刷得一模一样，就像是一个毫无想象力的孩子画的画。一列一列的公寓楼整齐地排列着，承受着夏日烈焰的炙烤，也驯服地用自己的白色来予以回报。波马兰兹毫无困难地理解犹太人对整洁的突然需要。对粉刷的需要。对棱角分明的线条的需要。对简洁和毫不妥协的明亮的需要。对必须在这里建房，而且要这么建、建得这么快、不对起伏的山峦和线条柔和的圆顶做出任何让步的需要。就像握紧的拳头一样紧张。

如果地球在我们脚下弯曲伸展，如果山峦在现代的街道下面轻柔地抖动，那么，这片波浪仅仅会更加激励我们胸中燃烧的火焰，用绿色的火焰重新点燃这片土地。

而湖本身，有时候会撩起一种乡愁，有时候，他能感觉到清风中掠过的一种默默的、恍惚不定的嘲弄。

然后，一夜又一夜，星星们对新月构成狡猾的阴谋。夜风有一条消息要传递，而波马兰兹集中注意力，所有的感官机能都紧张起来。

自然，他和四五个人有了泛泛之交。杂货铺老板，六点钟时会同时在两台收音机上听新闻，一台法语的，一台阿拉伯语的，他周围堆满了报纸杂志，每天都在等候大灾难的降临。波马兰兹会和他说上几句话，令人毛骨悚然的政治猜测，世界末日即将到来的预言，国际阴谋和伎俩。其他的就是查表员、邻居、他们的狗、他们的孩子、固定的和偶尔光顾的顾客。他们的轨迹都和他交叉了，但却没有侵犯他，因为他并不想侵犯他们，也不想和他们交朋友，而是静静地坐着计算，坐着默默地聆听。

太巴列的夏天漫长而炎热。九到十个月的时间，一切都在一种不透明的白色强光中烘烤着，一层细细的沙尘弥漫在空中；成群的鸟儿清晨时疯狂飞过，到正午时，谁碰一下扶手，他的手就会烫坏。整个夏天，街头拥挤着肤色深深的人群，发出温暖的、棕色的、平和的气息，就像刚刚烘焙出的面包。对波马兰兹来说，他们的存在很奇妙，既不是犹太人，又不是非犹太人；对此必须进行仔细观察，所有的感官又必须全都调动起来。慢慢地，不冒任何风险。

他突然想起了雪。从这里看去，他觉得雪是一个非常荒谬、疯狂的形象，就像一部老式歌剧中画出的布景。从太巴列，有时候能够看见赫尔蒙山那白雪覆盖的山顶，让他想起农民们在他们的新房子里精心挂起的便宜、俗艳的油画，油画挂在钢琴上方，他们的女儿被逼着弹钢琴，一直弹到绝望。

下午时，太巴列散发出烤鱼的味道，到晚上时，就是烂鱼的味道了。白天和夜晚，差不多所有的时辰，从湖里都会传来一种淡淡的、绵延不散的腐烂的气息。花生、柠檬汽水、乐透彩票、巧克力冰、艾格德公司的公共汽车、晚报——都在争先恐后地要求你承认他们，至少是承认既成事实。

与这一切相对应，还可以隐隐感觉到与此截然不同的一种存在。众所周知,人们还坚持认为,就在不远的地方,就在那道巨石遍布的山坡对面,在太阳炙烧着的山脉的另一面,有面纱遮掩着的城市大马士革,还有她的河流亚罢拿河和法珥法河。泉水和喷泉,没药和乳香,差不多触手可及。

需要防御乡愁。

将注意力集中在此时此处:太巴列,夏天,以色列,1951年,汽车修理铺对面,下午两点二十,一支烟,一瓶柠檬水。街对面的男孩在垃圾堆里和自己吵架,空气中充满着弥漫着机油和汽油的灰尘的气味。

成千上万的犹太人大白天公开地、毫不羞耻地居住在太巴列,没有第二道防线,没有掩体,不必瞬间化装,不用秘密逃走的通道,就像这一切都已经过去,完全结束了。在这个成天做梦的钟表匠的儿子看来,这整个局面又可怕又美妙。这是无法想象的局面,心灵渴望着相信它。

偶尔,他会将他的思想作为雷达光线,试图从远处感受他那远方的 M 镇。教堂的尖顶、钟声,和森林。斯特法的皮大衣的气味。雅罗斯瓦夫大道。哥白尼的雕像。桥上堆的东西和黑色的河流。他这个企图注定是要失败的。这些地方不存在，从来就不曾存在过，因为它们不可能存在，从来就不可能存在。

但是，这个地方，这个真实的地方，这个炎热、气喘吁吁的地方，带着铃铛的手推车，保健诊所，交通警察，像一层地毯的花生壳，定量供应卡，排队买面粉，鱼的气味，那些高大的棕色皮肤的犹太人——这个地方真的有可能存在吗？

12

　　那个拉着斯特法的胳膊，礼貌地将她带到俄国前线的人
又高又瘦，像个死人一样，令人心生疑窦。他只不过是一件
黑色的燕尾服、浆洗过的衬衫，和白色的领带。

　　整个满目疮痍的大陆似乎都完全顺服地屈从于他：德国
卫士们向他敬礼，为他让路，军官们奉献出他们的服务、暗
探、宪兵，游击队为他们提供穿过茂密森林的向导，分享他
们的食品和酒，渔民用筏子载他们过河，农民们热情招待他
们，政委们非常努力地帮助他们，让他们满意，向前走，永
远是向东走，走向正在开心地采集土豆的愉快的农妇，走向
漫无边际的玉米地，走进正在升起的太阳。

　　斯特法被交给了克拉斯诺亚尔斯克的波兰事务革命局。
他们试了几次，发现她可以干一件事。刚开始，让她编辑不
同的波兰语出版物，小册子，给不愿合作的知识分子的公开

56

信，给参与重建华沙废墟的工人的讲话，中央委员会在他们伟大的一天写给新波兰的作家的信。

这只是一个谦逊的开头。这不是她生来要干的事情。

不久，人们就看见她在剧院、咖啡馆里看望波兰知识分子，或者是在湖里划船，穿着晚装，戴着黑玉耳环。斯特法会在她的客人中引起野性的狂热：有她在场，他们都控制不住地讲话，有些人好像是被伟大的洞见点燃了，用各种复杂的思想来向她发起攻击，另外一些人有了诗意的灵感，为天堂般的华沙画出夸张的画面，爱琴海上的新波兰王国，互相竞争的不同拯救方式的合成品，而斯特法则无情地鼓励着他们，将他们的骨髓全都吸吮出来，直到这些波兰知识分子都陷入美味的疲倦之中。她不得不强力约束他们，这样他们才不会跪下来亲吻她的脚；她送他们回自己的旅馆；他们总是像喝醉了一样瘫在旅馆门厅的椅子上，而她总是在夜半之后很久才回到家里。

第二天早上，她会写一个报告。挑选，分类，评价，建议：

要么这样，要么那样。

这个陌生人把斯特法带得越来越高。每一个星期一次，他带斯特法去和一帮已经耄耋之年的退休的老革命家、伟大的革命之父们进行一次简短的意识形态对话。每天晚上，他都带着几乎听不见的嘶嘶声，上上下下地垂涎着她的身体。

并不是他们两个单独相处。

凌晨时分，所有那些老革命家们都挤到她床上，用流着口水的舌头在她雪白的后背上用西里尔文写口号和赎罪的观念。他们用冰冷的、带着紫色静脉和泛着黄色大指甲的手指揽着她的腰。他们的牙齿都掉光了，大部分都没牙，狂热，懂得圆滑，用冷静的战略操纵着自己的愉悦，冲着她的脸呼出淡淡的气味和粗鲁的恶臭，有章法地挪动着，发出响声，就像他们的骨架在他们那像羊皮纸一样苍白的皮肤下面散架了一样。她会蠕动，带着低沉的哭泣、踢腿、试图逃脱却无法如愿，老人们很虚弱，但他们人多势众，又富有经验，她所有的挣扎，只是让那堆蜂拥在一起的好色之徒更加火上浇油，汗流浃背，这场混战变得越来越黏糊，冒泡，呻吟，间或会夹杂着尖锐、残酷的尖叫。肉体和肉体之间，浓稠刺鼻的体液扑哧作响。伟大革命的国父们，他们是那么忘我；直到天亮，他们还没有满足。斯特法慢慢陷入黏糊糊的泥沼中，血脉偾张，随时会爆裂，指甲上缠着抓脱的白发，剩下的唯一的牙齿陷入她的乳房或是下腹，有时候，从那些腐烂的牙

58

龈后面伸出来的死人般的嘴唇堵住了她的嘴唇、她的哭泣和她的尖叫。直到天亮。

　　但是，最后的真相是，那个带她来这里的那个陌生人事实上并不高，也不瘦，也不像个死人，甚至都不是真人。

　　一个抽象的形态来到了斯特法这里。甚至不是一个形态。一个理论上的可能性。一个飘然而过的影子。一个无。

　　西里尔文的信件，伟大革命的好色的国父们，所有这些，实际上不过是一个大变动时代的暮光下的阴影。

　　于是，斯特法离开了克拉斯诺亚尔斯克，来到了莫斯科。不再评价娇弱的剧作家们是否可靠，也不再写关于那些教授的报告，他们在每个问题上都能看到两个方面。

　　在莫斯科，斯特法被安排来负责直接与新波兰的解放有关的宣传活动。成立了一个小团队。计划得到批准。有些人将斯特法看作一个正在升起的明星。其他人马上接受了他们的意见。斯特法的所有才能，她所有的魅力，都闪烁着一种完美的得体和包容。

第二年冬天，由伏特加助兴，爵士鼓伴奏，斯特法在莫斯科嫁给了一个名叫费多谢耶夫的间谍头子。他主管一个秘密部门，人们还预言他会有远大前程。他是一个冷漠、腮帮子铁青的男人，他那大胡子，这世界上的剃刀再怎么刮，最多只能管用三个小时。他大部分时间都阴阴郁郁的，就是那种俄国式的阴郁，但他永远都爱所有形式的美——既爱艺术美，也爱自然美，他还是一个很好的棋手。比这些东西更让斯特法觉得恶心的，是他的另一个习惯：他偷偷地抿着他那肥厚的嘴唇，好像永远是在嗫一颗酸甜糖果，而且还训练自己成功地掩盖了这个事实。

　　斯特法和她的团队组织了一个全面的动员。对波兰知识分子进行严密但不显眼的监视。斯特法偶尔会自寻开心，读一封复印的某个著名马克思主义者写给哪个玛莎·别掐我的情书，或者是在录音机上听两三个失望的未能改造世界的人那断断续续的耳语。其中有些人在前往苏联东北地区的大片开发地途中，被带到她在莫斯科的部门来。有时候，她有权赦免其中某一个人，在这种场合下，她就会纠正他的错误思想，就像校长那样朝他晃着她的手指，用她的微笑俘获他，原谅他，允许他安全回到华沙，证明她对他的信任是对的。有一次，她甚至过问一位音乐学家的情况，等春天来临时把他放了，让他能够前往他心爱的巴勒斯坦。到了巴勒斯坦后，他给她寄来一张带彩色图片的明信片，某个圣人的墓、一个犹太士兵、在难以想象的湛蓝的天空下的一对棕榈树。他还用波兰语加上：同志，请相信一个疲倦的灵魂的感激和祝福。

一天晚上，斯特法去见斯大林本人。很多人称赞过费多谢耶娃同志那温暖的大眼睛，她那长长的睫毛，她那征服一切的微笑。此外，很多同志都觉得她的工作是大手笔，费多谢耶夫也得到了一些赞许。

他们的谈话涉及波兰国王的历史，复杂的年轻一代知识分子，法国风的东西对令人恼火的波兰人所产生的错误影响。斯大林亲手给她倒茶、给她拿来蜂蜜蛋糕，还突然像个小男孩那样拿糖块变起戏法来。他表现得那么灵巧，十分有趣好玩：一只糖块落在斯大林烟熏的指头上，另一只飞入空中，两只糖块在空中相触，然后安然落在斯特法的杯子里，溅起滚热的茶。斯大林咆哮着，大声喊叫：哈哈，费多谢耶娃同志，这事波兰人就干不了，我现在敢在这儿打赌，费多谢耶娃同志，我敢肯定，费多谢耶娃同志，你赢不了。现在我们再喝一杯茶吧，我的美人，然后——前进，你回到你的工作岗位，我回到我的工作岗位，不然我们会因为上班时调情而被捕的。我们只轻轻亲吻一个，释放一下我们伟大的激情。斯特法对自己说：瞧，我连一根手指头都不抬，差不多连笑都没笑，就让狗熊跳舞了。

斯大林把斯特法强留了几分钟，给她讲述他亲手从德国人手里夺过来交给波兰人的那些美丽的地区，波兰人大快朵颐，直到脂肪流下他们那愚蠢的下颌。他建议斯特法严密监视她所有的朋友，因为只有傻瓜或捷克人才会信任波兰人，有时候，还要注意一下她自己的费多谢耶夫，这也是个好主意。如果他没记错的话，费多谢耶夫是蓝眼睛，而一个蓝眼睛的俄国人，就像一个长着直鼻子的犹太人一样：你永远不知道他会干什么。斯大林送斯特法到门口，走出了楼道，道了晚安，但仍然坚持送她下楼，他用他那指甲很大的拇指和食指，掐了她的脸蛋一两回。那时候，俄国人对波兰犹太人的政治热情还抱有很大希望。不久以后，他们把费多谢耶夫也给绞死了。也就是说，在一次大清洗的过程中。

根据特殊命令，斯特法取代了他的职位。

从那以后，她就能够指挥秘密机构。她的任务是识别远处不同地方的叛变分子。她告诉自己：直到我能揪住狗熊的皮。

13

　　五十年代后期的一个秋天，波马兰兹突然意识到：不管他走到哪里，都有人在跟踪着他，狡猾地、默默地、耐心地跟踪着他。

　　他的生活很有节奏。每天早上，报纸、收音机里的新闻、一个面包卷加奶酪、酥糖、橄榄、咖啡。然后是严肃几乎是愤怒地刮脸。就像镜子是水，不是玻璃一样。

　　八点钟，他提着一只小提箱，穿着让他看起来很年轻的蓝衬衣和凉鞋，离开小公寓，到下城他的店里去，他的店对面是阿尔都比的修车铺，"汽车部件和修理店"。镇子已经被炽热的早晨玩弄于股掌之中。白灼的光折磨着湖水。古老的山峦一如既往地兀自矗立着。波马兰兹注意到，它们的和平又延续了一天。

　　在他的店里，他会打开风扇，倒腾着收音机，直到他找到来自尼科西亚的希腊音乐，然后再去听来自大马士革广播台的那个欣喜若狂的广播员，然后又转回去听一个伊斯兰教宣礼员的呼号，忧伤、孤独，因为一种暗藏的恶毒而显得十分紧张。

　　大约每半个小时，他会停下来，从手里的活计中抬起头来，盯着窗外。肌肉强壮、话音低沉的男人，肤色深深的奇妙的女子，英俊的像狼一样走路带着弹性的小伙子们，从他的店前走过。时不常，也有一个老犹太人走过，留着大胡子和鬓边两缕长发，小伙子们既不会欺负他，也不会吓唬他，也不会朝他吐唾沫，也不会揪他的胡子。应许之地，波马兰兹对自己说：纯洁而自由。

　　整个上午，东方都吹来一阵温和的风，就像是山派它来收集整理某些具体的事实，然后把这些信息带回山涧。太巴列镇坐落的山坡上，有些地方还长着几株古老、粗糙的橄榄树，用它们那像带钩的爪子一样的树根吮吸着地下埋藏的水分。一切都没有安顿。任何事情都可能发生。

　　有时候是一个有点轻微驼背的年轻人，靠在街角的市民中心的墙上，带着一种忧郁的神情抽烟。一个阴郁的、高档版本的《罪与罚》中的拉斯科尔尼科夫。他看着波马兰兹进出家门，他久久地瞪视着，显得有些孤独。

拉斯科尔尼科夫不见了，两个戴着眼镜的男人在阿尔都比隔壁的咖啡店伸到人行道上的桌子边坐了下来。波马兰兹给他们两个人起了一个绰号，耶稣快跑。他觉得，大部分时间，这两个人都要在他们的位置上打瞌睡。不过，仔细一看，好像总是只有一个人在打瞌睡，他的脑袋歪向一边，就像在听着远处的音乐，而他的同伴则把多毛的胳膊支在富美家塑料贴面的桌子上，把玩着一只盐瓶，墨镜后面的眼睛显然是在盯着一样东西。他带着一种冷静和全力专注嚼着舌头。

波马兰兹想象不出来，谁会派这些年轻人来监视着他的来来往往，或者这种监视后面有什么目的或想法。

恐惧和忧伤充斥着他的心灵；他突然怀疑，那些曾经在刚刚过去的可怕的年月保护过他的神秘力量，已经不再继续有效了。

间或，他站在房间里时，他碰巧将胳膊肘靠在窗台上，这时，他发现窗台非常结实：木头和石头。就像这么多年之后，能量那轻轻细语的潜流慢慢变弱，而外部世界有什么东西在渐渐冻结。一切都在变得厚重起来。即使是他的身体，也从里面在逐步凝固。他的脸，曾经看着像一个美国喜剧里的间谍，现在也带上了一种新的表情：就像一个深受财务问题困扰的疲倦的老商人。他那厚厚的黄褐色头发，现在掺杂了一些白发。有人在跟踪他。某个秘密组织。一个敌对势力记住了所有这些年份，它的探子现在来到了太巴列。永远不能放松警戒。他应该想办法逃跑，还是干脆置之不理？

这儿有没有谁，人或恶魔，有一种能力，能够飞起来，在房顶、田野和草原上空漂浮？这里的自然法则是很俗世的。你可以尽情地打饱嗝，挥舞你的手臂，演奏音乐，用斧子试着砍你的头盖骨，吹牛说你是处女生的，一直吹到你脸都变成蓝色，但那把斧子像橡胶那么柔软，而湖，会在酷热的正午的太阳下漫不经心地打哈欠：这是老把戏了，我们全都听过，处女生的，异象和奇迹，福音和迫害，你就不能琢磨出一点新鲜的。还有，别想着像耶稣那样在水上行走。

他的口琴，自然，早就生锈坏掉了。

一种严峻的重力统治着这片地域。没有雪，没有村教堂那疯狂的尖顶，没有白色的草原和黑色的乌鸦，没有狼在夜间哀嚎，也没有枞树林。夜晚很安静。沉默慢慢地聚集着。这是约旦河谷。晚上的湖蜷作一团，什么也看不见。

于是，就像一个人在恐惧中醒过来，拼命逃命一样，米奇斯瓦夫一世突然开始对别的人感兴趣了。丈量他的精度和纬度。依恋。逐步了解。他订了一份日报。他买了一张有道路和定居点的地图。结识了他的邻居。开始拍他们的狗和孩子。遇到了一个女人。

14

　　当斯特法回顾她以前的生活，她的青春时代，M 镇的知识分子——伸着指尖用他们的思想触摸她，当她回忆起，在俄国温煦的阳光下，她是怎样出于任性，突然把自己交付给了区区一个钟表匠的成天做梦的儿子，而全镇是怎样八卦四起，伊曼纽尔·赛泽克对她悄悄说，看在上帝分上，斯特法，你就这样白白把自己浪费了，当斯特法回忆起，她是怎样用指尖抚摸着钟表匠的儿子的额头，抚摸着他们的爱情，而她的手指头也闪亮起来，当斯特法回顾起这一切时，她心中充满了一种狂野不安的情绪。她的心渴望着蛮荒的阳光普照的地方，她狂热地往廷巴克图、巴塞罗那、帕果帕果、纽芬兰、新喀里多尼亚等地发密码电报，她麾下的米哈伊尔·安德里希用密码发出一个简单的信号，马上，一个军官阴谋会在布拉柴维尔发动起来，或者武装工人会在加拉加斯开始罢工。

　　斯特法觉得，每一个人，每一个村镇，每一个民族，我们都需要马上得到拯救，现在，立即，我们怎么还能忍受下去，我们的心都快碎了。

她会突然用她的脚趾轻抚着躺在她脚下的地毯上的米哈伊尔·安德里希那扁平的头：

"安德里希。注意。听着。"

（莫斯科。雪在融化。带窗棂的窗户上柔和的阳光。）

"我听着呢，费多谢耶娃同志。我洗耳恭听。"

"你可能在听，安德里希，但你还是什么也听不见。你什么都听不见。空气满满的，而你——一无所知。一些微妙、奇妙的事情即将发生。开始蠢蠢欲动。颠覆。所以，苏醒过来吧，安德里希，如果你不介意的话，用你的双腿站起来，苏醒吧。别光听而不闻，这么长时间以后，开始听见吧。"

第六局局长的办公室是一间房顶比较低，但很宽敞的房间，家具布置得很奇怪。没有桌子。没有书架或椅子。费多谢耶娃同志习惯躺着工作，膝盖高抬着，或者是用胳膊支着斜躺着。于是，她办公室里最主要的一样家具是一只中亚风格的矮矮的无背长沙发。

靠近无背长沙发的是一块驼毛地毯，扁平脑袋的米哈伊尔·安德里希就驻守在这块地毯上。他左面有两个没有拨号盘的电话，他右手是两个灵活的麦克风，在他前方，有一只凳子，凳子上有一只烟灰缸，一只打火机，三四包寿百年香烟，还有几本颜色鲜艳的小笔记本。墙上挂着穿着元帅服的狗熊将军的照片，脸上浮着睡意蒙眬、满足的微笑。

还有一个茶炊和两个玻璃杯。和一个电炉。

初看时，很难相信，就是从这里，看不见的电线，紧张的颤抖着的高强钢丝，伸向四个大陆，另一头有很多男人，不同的男人，其中有些人特别敏感，而他们所有人，就像所有人类一样，都需要马上得到拯救。有着拉紧的钢丝和无法抗拒的微笑的费多谢耶娃同志，能够带来光明吗？她能不能轻抚她的指尖，然后看着她的指尖点亮起来？

她不知道他在哪里，她没有眼泪；她的头发被无情地剪短了。

从她的窗户，她能看见无与伦比的斯拉夫圆顶，大肚子的圆顶，伸向天堂，好像是绝望地想从它们的身体里解放出去，想得到北风的轻抚，想让风伤害它们，想属于风。

15

波马兰兹刮掉了他那浅浅的、充满爱心地蓄养着的小胡子，有那么一阵子，还想取个希伯来语名字：米龙·普里莫尔。胡闹。

与此同时，他周围的情况逼紧了，甚至恶化了。有时候，他下班回家时，发现有一辆长长的、曲线窈窕的汽车停在街角，车里有几个人，把帽子拉得低低的。

他们压根儿都没有试图掩盖他们的目的。

就像他们可以断定，他根本就没有可能、没有机会、没有意图躲开他们，突然消失。就像他们知道他自己心中的秘密。

一种低级的喜剧在向他逼近，除了恐惧和忧伤以外，他还感觉到了恶心。

晚上，当他坐在桌前，就着一只小台灯的灯光做他的数学研究时，他会突然觉得必须转过头来，他能看见阴影下的阴影。报纸也提醒警觉的公众对各种危险保持警惕：随时关注，随时报告所有可疑之事。

安宁，如果他曾经得到过安宁的话，从此以后再也不会有了。

即使是这座石头房子，尽管它有低拱形的天花板，窗台上开着灿烂的天竺葵，却还是突然散发出不同的味道。天花板拱起的动作，到了晚上时，能够感觉到它的力度越来越大。单独一株结实的枝干，从靠近厨房壁龛的石板的缝隙中发芽，而且又直又硬地挺立着，高举着它孤孤单单的灰色枝头。一个女人也出现了。

娇小，迷茫，美国人，一种自由艺术家，某种或某类解放。某个星期六上午，她突然来敲波马兰兹的门。苗条，像枝条一样笔直，她微笑着，她问她能不能给拱顶画素描，她觉得有点尴尬，但很大胆，她说话的时候，无意间碰了他的手，他的肩膀，他的脸颊。她笑了，看起来很严肃，她觉得这些墙这么古老，这么昂贵，拱形是这么简洁的和谐，还有，哦，石头门楣上雕出的恶魔的头是多么迷人啊，还有从拱形的窗户外看去的棕榈的景色，湖上的光线那迷幻般的闪烁，和山的晦暗形成鲜明的对照，她想把这一切都素描下来，她保证不添乱，也不出声，她能不能素描啊，可以不可以？

可以，当然可以。

奥黛丽。粉嫩，鲜花绽放，充满热情，满脑袋想法，苗条得动人，似乎游离于她的肉体之外，或者，甚至不是过分干净——一种强烈的欲望突然吞噬了波马兰兹，他想原谅她，原谅她的一切。她穿着一种美国印第安人的衣服，戴着罗莎·卢森堡式的眼镜。她的头发是土色的，飞扬不羁，自己和自己较劲。她实在太年轻了。光着脚。她漫不经心的脚指头抠进石头地板，似乎是想挖进去，轻抚下面的泥土，一种出自好奇的动作，或者是无处安放的热忱。

奥黛丽和波马兰兹一起待了四天五夜：他是为了她身体的气息，而她是为了生命的意义。他会翻腾、咕噜作响、挣扎，死亡般的痛苦每几个小时就穿透他的骨髓，微微的虚幻的痉挛，斧头砍下来，生于处女。其间，奥黛丽光着脚丫从一扇窗户漫游到另一扇窗户，满脸发光，适应了新的俘虏状态，就像天堂里的亚当一样，给每一样东西取一个新的名字，拿起支架，设计，将所有一切都导向更新和拯救，阐述，联系，立法。全都用她的手指头。就像她在做梦一样。

从上帝之死开始一句话，本来会引向存在的罪恶，就在这句话说到中间时，男人扑上来，用他那深色的、青筋暴露的手抓住她那枝茎般的脖子，思考了一会儿它是多么脆弱，绝望地呼吸着她的气息，他的手像两道沉重的水流缓缓地流下她的后背，她的腰肢，他要沉入她的头发，捧着她的乳房，他那狩猎的手充满四处延展的慈悲。

喘息。她的沉默。和他的沉默。

他们的沉默之间越来越宽的差距。

然后，过了一阵子以后，话语开始了。

奥黛丽对波马兰兹：

国家解放。国际解放。内在解放。你怎么想。我这一代，你那一代。还有：身体解放。从身体的束缚中解放出来。另一种现实。通过暴力得到解放。所有的战争都是失职。没有实现的渴望有什么意义。对全面满足的自然权利。还有：革命革命化。作为象征的犹太人。重新激活腐化、游离的活力。还有：一致性，现代的神经官能征。药物，简单的治疗方法。黑人种族里储存的带有净化能力的活力。理性是癌症。奥黛丽说，现实，是小资产阶级的避风港。最后的革命，奥黛丽说，会是一个声音的幻象，颜色的群交，死亡的终结。

波马兰兹随意地原谅了这些可以宽恕的罪过。他俯身在她的简单纯洁之上，强行进入，将他炙热的孤独深深地插入她。在绝望的喘息的间隙，他也开始反过来对奥黛丽说教：地心引力的荒谬性。高音的力量。军号。爱琴海上的波兰王国。音乐，亦即可以听见的数学。

还有：缝纫机部件。一棵板栗树的树枝，长入了索别斯基广场的斯沃瓦茨基的雕像的背面。瑞士期票。森林的沉默，冬天时，森林的沉默和低矮的天空的沉默之间的边缘。村里的女巫，皮尔泽瓦斯基末世，米奇斯瓦夫一世，在流放中途上了缝纫机油。玛格达·伊莎沃尔斯卡公主，公主妓女。她的罪恶和豁免。还有。吸血鬼。像雷达射线的思想。还有，还有：音乐，磁力和电力之间那神秘的联系。与物理关系相反，抽象能量之间那笨拙的短暂的合流。

最后：维京人。尼伯龙根。猪的脂肪。

与此相反的：星辰的歌唱。从身体中释放出来。磁悬浮。爱的力量。恩典的强力。

简而言之，那儿有什么共同之处。他和他的。她和她的。另一夜，另一天，或者再来另一夜。她在这儿一笔也没画，但她有了经历。她现在该走了。再见。他躺回去，惊恐万状。

但他无法得到安宁。

16

另一个人物在敲门。

一个矮矮的、利索的中年人，指头出奇地短，一只眼比另一只要小，耳朵朝前撑着。就像一个偷情多年的拉比。他随身跟着三个年轻人，他们看着都很相像，合在一起，就像我们熟知的那种青年先锋的代表。整个访问过程中，他们对那位长者表现出一种极端的尊敬：他坐下他们就坐下，他站起来他们就站起来，他说话的时候他们就闭嘴。他是代表中央情报局来访问的。他只问一两个问题，然后就会离开：天佑我们，不要浪费别人珍贵的时间。碰巧，太巴列也在失去它的魅力：全都是住宅开发区和桉树。真难过。不过，湖依旧永远是美丽和欢乐的存在。它毕竟在某种程度上是一个有历史的湖。不，不要茶，谢谢你，我在值班，我想尽量不要给你添麻烦。小伙子们也不要：他们是好孩子，知足常乐，在某种程度上，是属灵的。顺便说一句，单身男人的日子不好过。一对夫妻可以互相帮助，但单身男人没有人帮助他。

别尔季切夫的利维·伊扎克拉比讲的一个故事，清楚地说明了这一点——不过，我们来这儿不是为了讲故事，只是问一两个问题，然后我们就走了。我从某种程度上看，也是一个单身男人，不过这不是一码事，我们必须把注意力集中在眼前的事情上。那么，我们回到那个话题上吧。一个单身男人，最要紧的，就是不要沉浸在自怜之中。自怜是我们最大的敌人。我自己的专业工作中有个小例子可以为这个理论佐证。在很长一段时间内，我们费了很大力气来调查某个外国代理人，一个躲躲藏藏、狡猾、危险的共产主义异教徒，他名叫斯特拉文斯基，又名戴维森，又名西伯利亚人，又名尼科代姆神父。不过，长话短说，不管他真名叫什么，这个代理人显然是一群向外辐射的辐条的中心。换句话说，就是一种向外伸延的网络。如果我们接受某种观点，这个局面还挺令人感到荣幸的，对不对。冒着夸大其词的危险，我们甚至差不多可以说，一种自然、应有的骄傲，我们如此激发了他们的好奇心。他们这么看得起我们，给我们派来了一流的密探，一个真正的内行，一个独奏大师，如果我能从艺术领域借一个比喻用在我们这个领域，也就是粗俗的情节剧。换句话说，他们已经觉得我们值得他们认真关注了。我发明一个句子，你不能把一只鲸鱼装进一只水桶里。但是，这不是这个议题的关键，这个议题的关键是：假设我们不是在——上天不容——跟随一条错误线索，那么，看起来这个斯特拉文斯基是对某个波马兰兹产生了特别的兴趣。问题和答案，就像《塔木德》经常教导我们的那样，都包含在同样的文本中。不管我们的意见在某些问题上有多大分歧，比如说预言性的公正或死后的生命，在眼下这个问题上，我们五个人都命中注定要毫无任何疑问地完全同意，这里有一个小问题，一个自然的问题：为什么上述的尼科代姆神父会对来自太巴列的区区一位钟表大师产生如此强烈的兴趣？这是什么，喜剧吗？某种玩笑？为什么最高级别的俄国间谍会用他明亮的眼睛关注来自太巴列的绝佳钟表匠？来，我们先把实际的这一面放下一会儿；毕竟，我们并不是果戈理小说里的鲁钝狭隘的官僚。我们从更广义的理论角度来思考这个问题吧。在纯理论这个层面，这个所谓西伯利亚人对你所表示的兴趣，是一种需要专注和一个敏锐的头脑去思考的现象。它就像棋赛一样，撩起人的好奇心，如果我们可以在我们眼前的人面前打这个比方的话。换句话说，一个人的私人事务是他自己的事情。哈。行啊。不过，你在欧洲确实出了什么事情？从某种意义上说，欧洲是一个对我们十分重要的大陆。我的话并不能真正讲清欧洲有多重要。然后，我亲爱的先生，请回忆。

努力。请。你去过维也纳，对不对？还去过雅典。你在比雷埃夫斯也待过一段时间。你肯定看过一些绝妙的风景。你是常人所说的走遍天下见过世面的人。嗯？不，等等，对不起，急什么？不要太急着回答。这些问题需要悠闲自在地反思、专注，或许还需要一点谨慎：它们应当被当作微妙的事务。此外，今天的天气真热。我们干嘛不放松一会儿，忘了那些十万火急的事情，交换一些故事和轶事。二月初，你为什么决定买一张道路和定居点的地图？毕竟，我们可以说，你并不是地理学家，而是一个某种程度的搞数学的。顺便说，在我看来，数学是科技家庭中一个高尚和珍贵的成员，如果我这么一个头脑简单的人也能够表达一下个人意见的话。还有，费多谢耶娃，我亲爱的先生，你知道费多谢耶娃这个名字吗？是，确实，这是个俄语名字。典型的俄语名字。毕竟，我们全都是俄国人——当然，除非我们是波兰人。顺便提一下，你在赛泽克教授门下学习过，他是个非常有意思的人物，不仅是在哲学领域，也在传播新思想方面。毕竟，我们现在毫无疑义地相信，我们检查了、核实了、证明了，我们孜孜不倦地将一个细节对上另一个细节，我们知道，你和某个内阁成员最初来自同一个镇子。这么多精细的线索，聚在一起，织出一个宽阔、迷人的织物。你和我们内阁一个部长来自同一个镇子，你是一个优秀的教授的学生，你是一个一流共产主义间谍最心爱的人，最后，更有甚者，你还是一个数学名人，由于过分谦虚，选择定居在一个偏僻的乡间小镇，修小手表——只有一个傻瓜才会低估这些不同的有利条件。哒。这个高温，我们最终可能会慢慢习惯，但这个湿度，会把所有人都变成出汗的喷泉。那个旅游的女孩儿是怎么回事？她来这儿纯属偶然吗？这么多国家，她偏偏来了以色列，这么多地区，她偏偏来了加利利，这么多镇子，她偏偏来了太巴列，这么多地方，她偏偏来了这栋房子？难道她不是执行什么任务吗？难道她并不是别有用心，仅仅是得到了神的指点？这同一个女子，是不是不久前还是那个名副其实的大城市纽约一个激进的黑人领袖的女朋友？不过，我们不能掺和感情之事，不，永远不能，这是个原则问题。从某种程度上看，这是个感情问题，一个生理吸引、爱等等的问题；我们不是这个领域的专家，我们也没有处理这个问题的专业资格。恰恰相反。回到我们手头的问题。如果你能好心——为了纯粹的理论比较——给我们看看你的旧护照，那将是一件非常令人激动，甚至有些怀旧的事情。那些年的护照。不，你把我们当笨蛋吗，我们当然不想看真护照；我们没那么不谨慎。瞧瞧，我告诉你一点秘密，就我们俩知道，而且绝对是不能公开的：即使是一个假护照，也足以让我们这个行业的人感到兴奋。我们的要求不高，我亲爱的皮尔泽瓦斯基，我们代表一个穷国，没人像歌德学会或你在比雷埃夫斯那帮聪明人一样给我们提供训练和经费。顺便提一下，叫犹太人的人能得到真护照吗？那些年头，就是我们自己也难免时不常用伪造的文件偷越一两道边境。毕竟，那些年头有很多麻烦，安全也成问题，这一点我们俩都清楚。而这些可爱的年轻人，看起来真是一种享受，他们知道什么，他们对那年头能理解多少？我为我对文学的爱好而感到自豪，为我注入他们心中的对知识的爱而感到自豪。就是因为这个原因，他们现在在翻阅你的笔记本和文件——老天保佑，希望不要把东西搞乱——如果你不反对的话，他们可能还想看看你的抽屉。如果你允许的话，当然。自然高于山、谷和河流。我们回头再看看从前的日子吧。那时候，黎明或黄昏时的晨昏交替，是唯一的希望。条件是，你要有一个充满爱心而又专业的老手做出来的文件。恰巧，我们开头提到过的尼科代姆神父，你也引起了他的注意的，我们也怀疑他最初来自波兰。还有，巧上加巧，你也不是生来就是个钟表匠，对吧？一匹马拉车，一五一十，别装聪明。就咱们俩说说，我亲爱的先生，你是个科学家，对吧，一个学者，一个发现者。我们发现了你 1938 年 3 月发表在《文化》上的一篇优秀作品，关于时间、地心引力和磁场的，有人说，这篇文章代表着从爱因斯坦又前进了一小步，而我们现在发现你在倒腾钟啊表啊。为什么呢，我问我自己。你十分钟之前承认，你在秘密进行各种研究或考察，或实验，你同意吗，好奇心就像强烈的火焰一样自然地在我们体内燃烧，你怎么能够忍受，将妻子丢给德国人随意处置，然后自己独自逃亡，地方多的是，你为什么偏偏选了太巴列这么一个偏僻的地点，这么纯洁的一个地方，你是从哪儿弄到你带来的那些钱的，为什么是手表，是谁派那个年轻的美国女子来找你的，你和费多谢耶娃之间是什么关系，为什么尼科代姆神父那么想知道你的行踪，谁——如果你能允许我谈及你更私人的事务——在波兰共和国时期，是谁在为 M 镇的歌德学会提供经费，在哲学学会那受人尊敬的门面背后有什么，也就是说，是谁给赛泽克教授发号施令，还有，谁给你发号施令？还有，那个团体里，除了你和我提到的内阁成员，还有谁成功地来到了这个国家啊，总之，我惊奇地问自己，甚至是绝望地问自己——为什么像你这样优秀的犹太科学家、物理学家和研究者，就这样突然干脆地离开德占波兰，就那么若无其事地离开了，我发明个说法，就像你什么都不用就造出了一堵墙。这件事令我们坐立不安，你应该明白，所有的都查阅了，还有文件作证，照片啊，指纹啊，如果我们想更密切地调查你，我们还有几种选择。一个犹太人，在某个黄道吉日动身，就那么离开被占的波兰，在维也纳和布达佩斯之间、布加勒斯特和比雷埃夫斯之间晃来晃去，而不是直接回到他的故乡，他是个科学家，关于他一定会有一些花絮，然后他就这么把自己关闭在这里，就像一个谦虚和自谦的典范，这是怎么回事呢，我问我自己，他还会这样坚持多久。你看吧，费多谢耶夫，问题，问题，还有更多的问题，我已经告诉过你，这些英俊的年轻人对文学特别着迷：为了一个好故事，他们会牺牲自己的母亲。如果你同意，我们四个人聚在一起，我们一起抽支烟，然后，你干嘛不自愿给他们讲个开胃口的故事？固然，你的听众比较有限。我们可以说，非常私密的听众。一群客厅听众。不过，这是精选的听众。即使是我，也会得到他们的全部注意，而我连一个艺术家都不是。顺便提一下，在我们听故事之前，我们很想知道作者的名字，这样我们可以给他应有的承认。你叫什么名字，波马兰兹？

17

在一条缓缓流过的小溪的岸边，有一个荒凉的地方，长着三株古老的、病恹恹的柠檬树。柠檬树没有理由，也没有希望地默默长着，就像太阳已经熄灭了一样。周围繁茂的植被在慢慢地勒死这几株柠檬树。毫无声息。光线疲惫怪异，没有白天，也没有黑夜。即使是拍打着河岸的河流也是寂静无声的。厚厚的植被，高得能够藏住一个人，时不时发出一股一股模模糊糊的气味。一种腐臭，强烈的几乎是恶臭的气味。

没有一只鸟儿会来这里。河里没有鱼，森林里没有野兽。只有远处有蟋蟀偶尔试试它们的力量，而它们一试就绝望了。没有动静，没有清风。而伊曼纽尔·赛泽克就在这里，他的皮肤是棕色的，被晒伤了，他的肩上围着熊皮，他那白色的胡须凌乱不堪。他四肢着地跪着，喝水，或者是亲吻着水。他独自一人。

18

一片新树叶：波马兰兹很容易就猜出了费多谢耶娃这个女人是谁，差不多能够确认尼科代姆神父是谁，因此，可以毫无疑问地确认那个内阁部长是谁。他也宣誓对以色列国绝对忠诚，以自己的荣誉保证把自己的活动限制在自己的领域之内，这样就不会侵犯别人，以免又一次引起不必要的惊慌。官方也反过来答应完全不再打搅他，保证他的私人身份。

他离开了他的公寓和工作，关了店铺，卖掉了装修配件。他循着那张道路和定居点的地图，花了几天时间在村子里游玩。在几个地方，他甚至还行了几个小小的生锈的奇迹，就像炫耀炫耀肌肉，露一小手：一英镑玩一个小把戏，小孩子七毛钱一位。但他很快也放弃了这些游玩活动，因为他的心在祈求最后的安宁。

于是，又到了一个新的、几乎田园诗一般的涅槃的时候了，像童贞女产子一般。波马兰兹终于做好了躬耕土地的准备。他离开太巴列，定居在上加利利的一个基布兹。就像一个人睡觉的时候翻了个身。他接受了放羊的工作，并同意需要的时候也修手表。他那乱蓬蓬的头发已经开始变得花白，他的小眼睛上方那厚厚的刷子般的眉毛也在变成银色。他的脸变成了一个生锈的圣像上的圣人的模样。还是那同样的适应能力，就像常青藤一样执着攀附。

波马兰兹在一道安静的墙后面安顿下来。白天黑夜，周而复始，都是一个样子。这是一种舒缓的、刻意的节奏，就像他想证明他可以两次在同一条河流里洗澡，或者甚至一次。他真心痛恨一切繁文缛节。人、景色和思想都从他身旁掠过，而他则静静地坐着，一言不发。

有一次，他们想让他更多地参与，想把他吸收进一个小委员会——花园委员会。但是，他带着他那忧郁的微笑，还有他那秋天般落寞的神情，告诉他们不要找他。他已经修好了他们的手表，每天把羊群带到草地上，他对挤奶、喂草和清扫羊圈都特别一丝不苟；如果他们需要的话，他还愿意给那些学习落后的孩子们补习一点科学。但他求他们不要强迫他。他加倍地沉默。

如果他回忆起他的妻子，他想起来的不是她声音中的音乐，而是她的头发、她的香气，和她的眼泪。他还能看见，就像从遥远的地方看去，傍晚的光线从雅罗斯瓦夫大道慢慢消逝，街灯一盏一盏地点亮，就像不情愿地嫁给夜色。他看见斯特法，苗条，侧面对着桥上的栏杆，背对着他，在抽烟。他站在她后面四步路的地方，缓缓地抽烟。就在他们脚下，河流和桥，毫不让步，不做任何补偿，不停地流入两个互相冲突的方向，而那两条互相交叉的溪流，就是爱。

　　他的大手记着奥黛丽。有时候，记忆像一个顽固的骚动。他会集中注意力，想着音乐，像一个紧紧抓住栏杆的人那样紧紧抓住音乐，过了一会儿，他就能够笑话自己了。其他的记忆，他无法这样轻易地摆脱，根本就无法摆脱，他必须放弃挣扎。顺流而下。把自己关闭起来，默默地承受着痛苦。

　　在他的空闲时间，波马兰兹会独自坐在他基布兹的房间里——衣柜、窗、台灯、桌子、衣服和花瓶——安顿好了，然后解决不同的代数方程和数学难题。他的窗外，可以看见种在石缝间、被人精心维护的基布兹的花卉。更远的地方，在山坡上，有几株年轻苗壮的柏树，显然是在一种永恒的极乐状态之中。再往远处，在河道之外，他能看见灰色的山景、巨石、橄榄树和风。除了这一切，还有正午的沉默或夜间的清风。

在基布兹成员中，他的脸，一张流放中的俄国诗人或一个东正教圣人的脸，引起了一些疑惑，几乎上升成了公众的困惑，但是，他的脸，有保护其隐私的力量。

在学校学习有困难的孩子们，每个星期两三个晚上到他这里来。他自动提出给他们补习科学。偶尔，会有一点恍然大悟。某个头发油乎乎、咬指甲、满脸粉刺的孩子会突然理解了毕达哥拉斯公式，他那通常空洞的眼睛会闪亮一会儿。或者某个轻浮、任性的女孩会用她紧张颤抖的鼻翼吸入波马兰兹的气味，然后她的眼睛会突然张开，她能看懂一个积分。还有一只大大的悲伤的狗，可能有一半胡狼血统，他就住在波马兰兹房间里。他不知道是从哪儿来到这个基布兹的，夜里突然就出现了，一个苍老、疲惫、从里到外都可怜至极的生物。或者他本来就有忧郁症。

有人说：

"那个以利沙，他是个真正的天才。我们得让他开朗一点。他是一个人，他是我们的一员，他正在我们眼前把自己毁掉。"

其他人说：

"啊，真的吗。你还是让他随自己便去吧。"

或者更糟的：

"怪不得啊，他肯定吃了那么多苦。"

还有人会说：

"他晚上打嗝。用波兰语。或者他是在说话。晚上跟他那条狗说话，这狗都不能算一条真正的狗。"

最后，他们说：

"这事儿得让护士来管管。我们又不是住在丛林里。"

19

照常躺在她那来自土耳其斯坦或布哈拉的雕刻的无背沙发上，费多谢耶娃向躺在下面的地毯上的主要助手口述出关于巴勒斯坦的几条指示：

"我们需要在巴勒斯坦做出一些刺探，米哈伊尔·安德里希，你又像普列汉诺夫一样睡着了，巴勒斯坦现在随时会发生什么事件。"

米哈伊尔·安德里希很快在低矮的无背沙发旁边的驼毛地毯上扭动了一下，朝着费多谢耶娃同志抬起他那只扁扁的脑袋，呲了呲他的牙齿，使他那惯常的永远口渴的样子更加明显，然后脸色苍白地为自己辩护：

"巴勒斯坦是什么，费多谢耶娃同志？巴勒斯坦什么也不是。完全什么都不是。几个小殖民地。几只橘子。几个圣地遗址。外国资本。移民。一个星期一两次射击。整个事件也就是小人国的规模。不比你的小手指头大。巴勒斯坦什么也不是，费多谢耶娃同志。"

斯特法：

"但他们总是有新发现、公式和发明，他们说他们发现了治愈癌症的特效方法，只不过他们对外部世界保密，这样他们就可以待价而沽，还有关于原子弹的谣言，他们在晚上制造秘密武器，至于你，安德里希，你就像那个从放大镜里看去的老农，说什么里面啥也没有，啥也没有。他们这帮人不是普通人，他们这帮人曾经是男爵、将军、大城市的市长，曾几何时，他们曾经在那里挥斥方遒。现在，注意，亲爱的安德里希，认真思考，补救一下，用理智和智慧的方法告诉妈妈，巴勒斯坦都有些什么情况。"

米哈伊尔·安德里希饥渴的脸上带着愚蠢的恐惧，他的微笑扩宽了，看起来像是一只吓坏了的猫的笑容，他的牙齿又短又白：

"别这样，费多谢耶娃同志，请不要这样，你知道，这样说话对我们俩都不好，过去都过去了，我们现在面向着未来。瞧，我在想呢，我想得又快又全面。我现在全速运转地思考，如果有这么个说法的话。"

"那你的结论呢，我亲爱的斯达汉诺维奇？"

"结论。对，结论。没有结论我们怎么能行。好吧，嗯。那就巴勒斯坦吧，费多谢耶娃同志：我马上就收拾行李去那儿，如果这是你的命令。你让我去哪儿我就去哪儿，一声嘟囔都没有。不过，巴勒斯坦还是个无足轻重的地方。还很小。是我们犹太人在沙丘和圣地遗址之间设立的一种临时难民营。他们还在适应环境，那儿的一切还是有些混乱，还处在试验阶段。"

费多谢耶娃：

"够了，安德里希。我养着你不是为了理论讨论的。闭嘴吧，我无与伦比的安德里希。俄语的闭嘴。你记下来：巴勒斯坦。我应该高兴；我还以为你会高兴得跳起来呢。巴勒斯坦有各种各样的修女。不过，你可别碰她们。你可以张开眼睛把她们看个够，但你的脏手可别伸出去。顺便说一下。我猜你在那儿有几个在行的好汉吧？"

"有，费多谢耶娃同志，我有。他们总是在抱怨。他们抱怨那儿的气候，他们抱怨那儿无聊，语言，和苍蝇。毕竟——我怎么说呢，那儿不是什么大地方。"

"够了，安德里希，你已经说得够多的了。现在去换装吧，收拾好你过夜的行李，起飞吧。等等。"

"是。马上就走。"

"站稳了，别上蹿下跳的。仔细听着。除了修女以外，我听说，那儿的音乐是一流的。音乐会、交响乐，犹太人尽情地演奏、歌唱——你在巴勒斯坦不会觉得失落的。竖起耳朵倾听，安德里希。空气中有什么东西。你比任何人都更了解我的本能的突然闪现。别睡着了，米哈伊尔·安德里希。巴勒斯坦会出事。"

20

以利沙·波马兰兹过着平静的生活。

有些晚上，他会陷入游移不定的状态，而他，以他通常那种耐心的方式，几乎是热爱这些时刻。一天最后的光亮的葬礼。宽阔的草地上只有无人和沉默。花园中无人。丁香丛中无人。树林空旷，沉浸在阴影中。轻风掠过山间，用它的指尖轻抚着松树，哄诱着它们，传递着奇妙的谣言，轻语着高度清晰的谅解。轻风用一种强有力的安静的幻觉启发着松树，这种幻觉几乎令松树们无法承受。然后，他屏住呼吸，他能够亲眼看到松树在黑暗中向上伸向音乐的边缘。

然后，就着数学理论或天文计算的光亮：圆的错综复杂的力量，黑暗空间的发光体，曲线中物体之间运行的对抗力量，感官无法理解，只能通过抽象的目的才能理解，直到这个目的突然对周围的物质物体产生怀疑，甚至嘲讽。书架和它的影子。桌子。台灯和它那一片黄色的灯光。纸。笔。纸的沙沙声。他写字的手。他身体的气味。他的身体。他的呼吸。他的计算和这个白色的线和灰色的液体组成的网络之间的荒谬的联系，多么荒诞无稽的联系。这么令人感到耻辱。

简而言之，这个成天做梦的钟表匠的儿子把属于基布兹的东西呈现在基布兹面前，当他干完自己的活计时，他总是把自己关闭在自己的房间里，关闭在沉默里。

不过，基布兹却继续过着它那有节奏的生活：一天之后是另一天，之间的夜晚有些压抑，因为夜晚总像是充满了恶意，于是它必须毫不妥协地关起来，或者是小心绕开。别无选择。确实，在崎岖的加利利的山峦中，荆棘在光秃秃的石头上都会生长，夜晚当然就表现出一种带有威胁性的、类似猿猴的性质。

一天之后是另一天，到七点时，白色的人造光已经照亮了屋顶和树梢，灼烧着水泥路面，主宰着荒废的草地，点燃了瓷砖和波纹铁。强横的光在每一圈阴影都画出十分清晰的光圈。就这么远。阴影的边界。蓝色的光。边线。白色的光。边线。蓝白的光。正方形的边缘，一排一排整齐的树，整洁的草地，都在说着一种毫不含糊的语言。攀登山顶，征服平原，所见之处，皆为所有。这儿是拖拉机棚，那儿是食堂，低矮宽阔的娱乐大厅就那样插在山谷里。我们在这里。维护命令。黑暗需要驱除。

人们对波马兰兹有几种怀疑：

他对习惯性的理想那种特别的漠不关心。

他回避所有有组织的活动。

他对改良社会和个人缺乏兴趣。

他不读晚报，哪怕你把它塞到他鼻子底下。

他从来不提任何建议。

从来不批判。

对他，你总也说不定。

思索。谁知道他想的是什么。

这么内向。

怎么回事？

他晚上辅导的那些学生说：

"他的房间总是干干净净、一尘不染的。整洁对他来说，简直是疯狂。不管你什么时候想坐下，他都要调整椅子和桌子之间的角度。如果你不小心把地毯的角踢起来了，他会马上手脚着地趴下去，像一条瘦长的狗一样，把你脚下的地毯拉平。"

"他把灯开得很暗，房间里总有咖啡和鲜花，到处还有一种淡淡的气味，不是花的气味，也不是咖啡的气味，你说不清那是什么。说不定什么气味也不是。什么东西。他房间里的空气不一样。"

"就像他总是在等候一个特别的客人。"

"还有那沉默。即使他在和你说话，听起来也像是他在沉默中说话。"

"他缺根筋。有点疯魔。"

"不能这样下去了。他身上有种奇怪的东西，一种孤独的东西，怎么说呢，很怪，它还可能会很危险什么的。几乎是危险的。哪天会出点什么事，突然之间。我们对他得采取点什么措施。免得到时候为时已晚。"

"还有那条狗。它不是狗——是个鬼魂。"

"很吓人。"

还有，每天晚上，坐在丁香树下的绿色长凳上，或者坐在草地边上的躺椅上，老妇人们也在编排着波马兰兹。想知道。比较。回忆过去发生的事情，讲座中听过或报纸上见过的词语。交换意见和谣言。在某个重要细节上停顿下来。这么起劲完全是出于好意。为他喃喃祈祷特别的拯救。一个解决方案。做点什么。

此外，他的名字还列在了基布兹某个委员会的日程表上，一个慎重的项目。不过，不是什么紧急事件，不是一件不能推迟的项目。

其他放羊的羊倌们给以利沙·波马兰兹取了个"巫师"的外号。不过，那些羊，还是一如既往的，就像从开辟鸿蒙时代，从远古时代一样，还是默默地继续做梦。

21

不久，一个清爽微亮的夜晚，以利沙·波马兰兹起身，沿着遥远的水域往前走到灌木丛和芦苇丛中的伊曼纽尔·赛泽克的藏身之地。他走的时候，差不多没有碰到地面。他带着自己的尖顶帽，他的斧子掖在他宽阔的腰带上。

当这两个钟表匠的儿子在小溪岸上会面时，他们没有说话，没有比较观点，或者是起草一封信或宣言。有那么一会儿，他们都在不同的乐器上弹奏着同一首犹太曲调；然后，他们交换了乐器，试了另一首曲子。没有轻风。夜晚很沉默。

于是他们交换着曲子。

最后，波马兰兹将长长的瘦骨嶙峋的胳膊和透明的手伸向天空，将月亮推到一边，在黑色的圆盘上撒了一把星星。然后，他转过身来，他平静地走进了远处的蟋蟀的歌声的怀抱之中，走向了山间的胡狼的嚎叫声的心脏深处。

22

恩斯特，基布兹委员会的书记，有时候这样说过：

"无风不起浪——这个谚语也许知道它说的是什么，我是什么人，跟这个古老的谚语较个什么劲，不过，另一方面，这个谚语根本就没有说，只要一起风，浪就会马上出现，或是在哪个阶段出现。"

（只要在某次会议或辩论过程中，任何人说得忘形，或者是进入过于感情化的争论时，恩斯特就有说这句话或者类似的话的习惯。）

然后出了一件事。

以利沙·波马兰兹，住在以色列北部一家基布兹的一个谦逊、即将退休的牧羊人，出人意料地在一家主要的外国科技杂志上发表了一篇重要的论文。这篇论文既不谦逊，又不渺小：根据晚报上的标题，他成功地解决了与无限的数学概念有关的最令人困惑的难题之一。

这是一桩激动人心的事件。报纸甚至还报道了最偏僻的学术中心所发生的兴奋的风暴。一代又一代的学者们为了解决数学无限的难题而想破了脑袋，他们曾经嘟囔过人的思维的局限，当他们的思想暂时探测到了知识的边缘、遭遇到了宇宙那寒冷的深处时，他们曾经颤抖过，在面对永恒的神秘的沉默时，选择了放弃的基调，他们总是得出这个结论：只能这么远，不能再前进了。谁要想越过这最后一条线，都会陷入矛盾、荒唐、神秘主义、极乐，或者疯狂。这条线标志着理性的最后界限和沉默的阈值。

而现在，令所有人大吃一惊的是，一个简单的外行，一个外人，独自在一个偏远、交通不便的村庄里进行计算，所有的工具不过是铅笔、纸张和孤独，他探究、搜寻，突然得出了——

一个令人震惊的定理。

一个简单的结论。

一个晶莹透彻的答案。

令人惊叹。

那之后不久，一辆闪光的黑色轿车开到了基布兹办公室所在的小棚子外面。从车里下来两位衣冠楚楚的男人。他们凶巴巴地十分警觉。他们问波马兰兹在哪里，如果这个人真的存在，而不仅仅是一个骗局或幻觉的话。

恩斯特告诉他们，这个时候，他一般是在草原上，然后他们就立刻开着黑色轿车前往草原。他们两个都精心修饰，新鲜得有些夸张，宽宽的美国领带，用精致的银领带夹固定着，与此同时，他们的西装做工又有某种很大胆的成分，他们系着牛仔式的皮带，或某种类似的东西，这儿那儿，他们俩都有点儿波希米亚人的微妙气质。

这两个果决的客人四处寻找波马兰兹，但他们没有找到他，因为他有时候有一个习惯，爱带着他的羊群穿过水域，进入那一片浅沟地带，或者是穿过大石间的石坡，来到橄榄种植园的阴凉的低地里。整个山水景致，山坡山谷，地平线上的黛色山峦，平原上的干草田，所有一切都笼罩在淡淡的雾气中，四处看不见一个人影。

警觉之人甲对警觉之人乙说：

"他把整个世界搅得热火朝天，现在他倒是他妈的消失在这片死寂里了。"

警觉之人乙露出谨慎的微笑，又把微笑收起来，回答说：

"你一说死寂，他妈的死寂，我就听见了一只动物的叫声，可能是狗叫，这座山另一面还有一种有节奏的跳动的声音。"

当他们在开放的乡间交谈着，等待，靠在他们那神气的车子上，气色健康、干净利索，表现出前程无限、万事皆有可能的气派，充满着傲慢、充沛的热情，仅凭他们在这里，就能够动摇着山山水水的平静、设计着他们的战略、预演着他们在即将到来的对话中的角色，但他们在等待着以利沙的时候——就在这一刻，基布兹办公室的电话开始响起来，周而复始，接连不断。兴奋的声音毫无厌倦地问他究竟是谁，他是个什么样的人，他有哪些弱点，他有哪些业余爱好，他的时间表怎么样，他们什么时候能见到他，了解他，和他交朋友，访谈他，和他聊天，等等等等。其中有些人很自信，叫叫嚷嚷的，有些人则像蜜一样甜，有些人是外国人，有些是国际媒体那些纤瘦、辛辣的女人，还有花言巧语的女人，一窝蜂。还有无休无止的信件，要求提建议、主意、签名、结论、活动、帮特别的小忙，最多的是，要一张能够用的以利沙·波马兰兹以田地或葡萄园为背景的照片。十万火急：整个世界都停止了，都在屏住呼吸，时间太重要了。

23

在 M 镇北面的黑色乡村那片树林茂密的洼地里——有一个小小的村庄。看起来，这个村庄只是因为那茂密的森林发了善心，村庄才能够存在，森林暂时做了一点让步，打开了一个小口子，留出了一小片平地和一条蜿蜒的小溪，一座古老的木桥，然后又团团关闭起来。

村庄脚下有一片绿草地，牛群在永久的和平中吃着草。干草像怀孕的女子一样在山上呻吟着，在黑色的泥沼中挣扎。干草田旁，走着手持草叉的农民，必要时，他们就把草叉扛在肩上。

在小村庄中间，在那些肮脏的歪歪倒倒的小茅房之间，有一条缓缓流淌的小溪。时间是下午：三四点钟的样子。小溪旁坐着一个钓鱼的，俯身向前。他从一大早太阳还没有升起来时就坐在这里。他的鱼竿在他手上睡着了，他头上戴着用报纸折成的帽子，他的蓝眼睛空空地看着水、山和对面的森林。他的姿势显得很傻，他的凝视也是；他的嘴大张着，他的鼻头上悬挂着一滴水，他的下颌下垂着。这个老人像一堵墙一样空白，但是，平原、森林和小溪都毫无恐惧地整日流入他的眼睛，在里面找到足够的地方。

对面的河岸上，围着头巾、穿着宽大长裙的满面尘土的农妇们，没完没了地嚼着薄荷叶或者是烟叶，吐出一道道黄色的液汁。她们四肢着地，从地里扒出土豆。整个时候，低矮的灰色天空，压抑地笼罩着小村和草地，连一声轻声的耳语都没有。小小的教堂踮着脚尖往空中伸着它那两座塔，一座已经毁坏了，另一座还没有完成。教堂完全是用厚厚的、发黑的木板盖成的，因为强劲的北风，教堂向南方倾斜着，于是，便有四根斧削的木料将它支撑起来。把它们钉在一起的钉子早就锈坏了，支撑着教堂的是惯性、平衡和疲惫。

教堂门口是一个小小的、粗粗铺就的广场，中间有些凹陷。当建筑终于倒下时，广场会拥抱它的残骸，杂草将从石板中长出来，用遗忘消融一切。

广场旁边，有两匹一动不动地站着的老马，就像一个马术团的雕像，而他们的骑手们在某次政治动荡中被杀害了，或者是改变了主意。但是，这两匹马，尽管很老，却还活着。一动不动。

现在：

远处，一个女孩，差不多还是个小女孩，在奔跑着，她的头发在风中挣扎着，她好像是无声地哭，是的，无声地哭，奔跑着，抱着什么东西，因为距离比较远，也因为光线晦暗，根本看不清她抱着什么。她失足绊了一下，摔倒了，然后马上跳起来，肯定是气喘吁吁，奔跑着，多半是绝望，朝着最远的地平线上那闪闪放光的山坡跑去，太晚了，无望，奔跑着——

整个场景都无情地弥漫着被打湿的干草的臭味、正在腐烂的鱼的腥臭和从小溪里蒸发出来的潮湿的臭气。

在一汪泥污里，站着一个倚在一根拐杖上的瘦瘦的人，斯特法睁大眼睛看着他，他将另一根拐杖朝着森林、天空挥舞着，咒骂着，描述着空中那复杂的藤蔓花纹，狂热地在自己身上划着十字，转过身来，扔下两根拐杖，倒在泥泞中。

终于，下雨了：

细细的雨，尖利的雨，轻轻敲打着潮湿的茅房，刮着屋顶，北风轻轻地抽打着它。慢慢地，山峰暗下来了，疲惫地向水边倾过身去。远处的火车发出一声恐怖的尖叫。这儿没有鸟。连乌鸦都没有。

周围全是波兰的森林，不停地嘶嘶鸣叫着。

24

　　一个星期五下午，一个星期的劳作之后，黄昏即将开始时，当空中充满着孩子们的房子里传来的录音机中的音乐，雨的气息从小小的粉刷过的建筑中飘出时，恩斯特书记来到波马兰兹的房间，陪伴他的有两位中年妇女。谢天谢地，这次来，他们没有带着斧子，没有带着喷嚏粉，而是带着鲜花。中年妇女们把一束优雅的黄色菊花插进一只花瓶里。她们的手青筋粗大，疲倦辛劳。

　　"安息日好。"恩斯特说。

　　"安息日好，晚上好。"中年妇女说。

　　波马兰兹说：

　　"你们也一样。你们请坐。"

　　恩斯特是一个六十多岁的结实男人，五官有些下垂，让人产生信赖和友谊，但他的表情并没有试着掩盖那些疑问和谨慎，多年的失望和令人不安的经历造成了这些疑问和谨慎。恩斯特也有特别厚的花白眉毛，有一边——左边的——总是抬高一点：恩斯特总是对你感到惊讶——你怎么能对他做出这样的事情。他是个有经验的人，他不会多讲废话，他只是惊奇地抬起一边的眉毛，而你，挨骂了，尴尬了，就会语无伦次地开始道歉，就为了安慰那条抬起的眉毛。徒劳。

恩斯特拿出一张装在白信封里的贺卡，把它放在桌子上的花瓶底下。然后，他慢慢地、字斟句酌地说：

"我们是代表我们自己和整个基布兹家庭来访的。"

与此同时，那条野狗，从房间角落里观望着，他扇乎着鼻翼，眼神浑浊忧伤。孩子们都怕这个畜生；他总是在气喘吁吁的，有时候发出高声狂吠，他根本不能发出正常的狗叫，他那下垂的狗皮是一种带有病色的灰色。他看着像是一只绒毛狗。

佐贝克·皮尔泽瓦斯基，新鲜活泼，刚刚从淋浴中出来，穿着一件棕色的浴袍，他的下颌散发出刮脸和面巾的香气，他点点下巴，算是回答了书记的开场白。他请他们坐那一对椅子和一张扶手椅。等他的客人坐下后，他拉平了桌布，抚平了床罩上的一点折痕。他矮小，灵活。屋子里看不见任何发现或发明的细微迹象。有几本英文和德文的书。恩斯特眯着眼看了它们一眼，就像这些书的包装能够揭示一点当周围没有人监视时，在这个房间里发生的罪行的线索。波马兰兹拿起信封，打开它，迅速地扫了一眼里面的留言——来自整个基布兹家庭的祝贺，你的快乐就是我们的快乐，祝你未来有更伟大的成就——打破了沉默，问道：

"什么快乐？"

他们说：

"全世界都在谈论。昨天和今天早上，他们在拍摄基布兹的生活。"

他们说：

"这个发现给以色列国带来巨大的好处。"

波马兰兹什么都没说。

客人也没有什么可以补充的。

有一丝尴尬，沉默，勉强微笑。

波马兰兹仔细地挑了一只橘子，在他的客人的众目睽睽之下打开了抽屉，拿出一把刀子，在橘子顶上挖出一个差不多完美的圆形，然后划出六条通往下面南极的惊人准确的经线，这六条线在下端毫无错误地会合。经过这场表演以后，橘子自然就剥皮了，按照那六条线的暗示。他打开橘子，仔细地去掉筋，分开几个部分，把它们对称地摆在一只玻璃盘里，就像往花瓶里那束花里加上自己那一朵，然后把盘子递给他的客人。

恩斯特谢谢他。中年妇女谢谢他。从左到右，每个人依次拿了一瓣。波马兰兹按照同样的次序，自己也拿了一瓣。

然后，一个中年妇女鼓足了勇气，说话了。她想知道，或者至少是想了解，一个人怎么没有试管，没有烧瓶和蒸馏器，没有基本的仪器，什么都没有……却还能有科学发现，科学家肯定总是在什么特别的实验室里工作的吧，她曾经去魏茨曼研究所访问过她侄子，她看见，那儿所有人都穿着白大褂，而且，不管怎么说，肯定……

突然，她问到一半时，她突然有了一个想法。她决定停下来。

波马兰兹打开了台灯；影子晃动了一会儿，然后又平稳下来。安顿下来了。这个房间多安稳啊。窗帘的颜色多么柔和。地毯，两个明确的简单的颜色。耐心的书架。桌子。四个配套的椅子。唯一的扶手椅。没有装饰或照片。在面对窗户那个角落，有另外一只花瓶，一只很高很大的花瓶，里面有一些松树枝。门边有另一张矮桌子，上面摆着茶具和咖啡具。灰色的床罩。地下有微微的动静：一个看着像条狗一样的生物的鼻尖。

沉默快结束时，恩斯特决定点着烟斗，直话直说。那么好吧，除了祝贺和庆祝以外，还有一些实际问题，最好是在合适的时候也都谈论清楚，事实上，就这会儿说吧，这时候不合适还有什么时候合适。那么。那天早上，耕作委员会就这个主题进行了辩论。由维拉提出了一个动议，委员会一致通过了这项动议，决定从下星期开始将耶胡达·亚托姆的儿子肖里克转到放羊班，替代以利沙——这个阶段，至少是部分时间——这样可以给他腾出时间，每个星期可以有两个或可能有三个上午专注于他的科学研究。

然后，恩斯特提出了一个问题。他被包围在烟雾中，有些疑心，看着像个突然觉得有点疼的人。他想知道基布兹能不能提供什么帮助。

他抬起了左眉，解释道：

"物质方面的或者其他的。"

波马兰兹搜索枯肠找词儿。他感谢他们善意的关心，他感谢他们的好心，他感谢他们的问候。不，目前他想不起什么需要帮助的地方。但是，或者他们可以给他一两天时间考虑一下。春天快来了，天变亮了，随时都会有些变化。

书记考虑了一会儿，提出了另一个建议。他提问题时有点犹豫，他本来希望对答案更有把握时再提问题，但是，他们想请他给其他基布兹成员谈谈他的发现，不知道以利沙对此有什么想法。当然，不是什么完全具体的学术解答，而是一种普通的大众的解释，这样他们都能了解这是怎么回事。自然，是最简略的大概。毕竟，对大部分基布兹成员来说，现代科学多多少少是一种新型象形文字。怎么说呢，他能不能让他们得到一个非常泛泛的印象，足以满足他们的好奇心？比如说：背景、用途、动机、结果、最初这个思想进入他脑中的时间和地点、这个发现的潜在贡献，简而言之——一个解释。为什么大伙儿都这么大惊小怪的。它的重点究竟是什么。

波马兰兹犹豫着。

然后他轻轻答应了。

他差不多马上就被兴奋抓住了。一种久违的狂喜突然传遍他的全身。

他清理了桌子，拉平桌布，给他的客人倒了咖啡。一如既往，屋子里充斥着一种淡淡的无处不在的气味，既不是咖啡的气味，也不是鲜花的气味，或许根本不是什么气味，而是一种不能用语言表达的东西。

于是他们交换了关于叙利亚的看法，是克制还是报复，谈话又一次中断了。

两个中年妇女中的一个，一个干瘪、体力大得差不多有点暴力的女人，突然把她的咖啡往桌子上一顿，说：

"众所周知，伟人都是谦逊的。有时候甚至很害羞。他们需要鼓励。所有人都需要得到鼓励。"

她引用了一个著名的小提琴家亚伯拉沙·奥尔巴赫的例子，他曾经住在捷克斯洛伐克，还有犹太复国主义领袖贝尔·卡茨尼尔森的例子。吹嘘，她说，总是不安全感的症状。事情并不总是有最好的结局。

她的同志在缝纫车间工作，但她也做装饰用的陶瓷动物，她说，如果不了解事情没那么简单，就接受维拉的意见，那是不对的：

"不过，另一方面，并不是每一个害羞或谦虚的人都是伟大的人。有很多害羞的人，他们害羞后面藏着的无非是缺乏自信，维拉，这一点你比谁都清楚，恩斯特，你也知道，以利沙说不定也知道。下星期五晚上，以利沙，我们要在食堂

给你安排一个小派对。塔玛拉会在钢琴上弹一点符合气氛的
音乐，恩斯特要做一个简单的介绍，然后，以利沙就可以从
头到尾给我们解释大家这么热闹的究竟是什么。如果你能听
见人们在说什么，他们在想什么，你会非常吃惊的，甚至是
感到受了冒犯，但是，别啊，干嘛觉得受了冒犯，我敢肯定
会让你微笑。不管怎么说，好处是我们也有权利懂一点东西。
至少试图懂一点东西。"

"这些都是谣传。"

"兴奋。"

"外人来问我们问题，我们拔腿就走，因为我们不知道说
什么。"

"人们说。"

"他们只是猜测。"

"他们想听你讲。"

"不要再躲着了。"

波马兰兹把手放在嘴上；或许他是在抚摸他刮掉了的胡
子。他点点头。

两位中年妇女的脸上浮出喜出望外的神情，一种差不多

有点甜蜜得让她们无法忍受的表情。

波马兰兹模模糊糊地记得，另一位放羊人曾经告诉过他的：恩斯特和他的两个情妇，恩斯特和他的疯儿子，恩斯特和英国哪个书记官或是管理员的老婆，地下组织，等等等等。

与此同时，恩斯特在他脑海里权衡着整个对话。萨拉刚刚提到的"躲着"这个词一时让他着迷。他倒空烟斗，小心地将所有烟灰都倒进烟灰缸里，一点儿也不要撒在桌子上，看了一会儿他的烟斗，然后又开始说话。他慢慢地说着，字斟句酌。

恩斯特说话的方式总是有一点特别，而这一回比平时还更加明显；他好像是对每一个字都进行细心的检查以后，才让它从他嘴里释放出来。

他说：

"这消息让我们吃惊。我们没有做好准备。我们是从电台和报纸上听说的，一点儿警告都没有。这样的事在这儿不是每天都发生的。你必须理解，以利沙，要找到合适的词语表达在目前这个关头的我们脑子里的想法，还真不是一桩容易的事情。我们得慢慢适应。我们还需要一点时间。肯定会有人疑心，甚至怀疑。有些人会拒绝相信。这儿那儿都会有人觉得一丝嫉妒，甚至毫无根据的不喜欢。即使我自己，我也拿不准我自己的想法和感觉，因为我不懂这究竟是怎么回事。我不是诚心怀疑，我只是还远远没有被说服。我在等待。也就是说，我需要时间。我个人的立场就说这么多。不用说，我们的祝贺仍然有效。至于整个基布兹：毫无疑问，我们中间有些人肯定马上就得意忘形，已经把他们看作合作伙伴了，至少是亲戚。但是，至于基布兹的大多数人，大部分人，比如说我，普通的反应是，还需要时间。他们需要逐步适应。得出正确的推论。他们曾经失望过，左中右五花八门的，失望，欺骗，幻灭。我们对你不是很了解，以利沙，我们一点儿都不了解你；请原谅我坦率直言。我们不了解你，也不全是你的错。有些人有过兴趣，想帮助你，试着接近你。每个人都知道这些事实：放羊人以利沙，一个孤单的人，一个幸存者，一个优秀的工作者，安静，仔细，喜欢独处，修手表。对。上数学课。不爱说话。多少把自己和别人以及集体责任割裂开来。我怎么跟你说呢；也许我应该这么表达：有那么一两回，我们考虑过关于你的某些事情。我们的动机是好的。你知道。但是，谁能想象事情会到这一步。你很容易明白，我们很为你自豪，但与此同时，又有点困惑。你能不能再给我们一点时间。不过，天快黑了。谢谢你，以利沙，谢谢你的橘子、咖啡和饼干，还有这次我认为十分开诚布公的对话。

不管你需要什么，你知道在哪儿可以找到我。只要我们能为你做任何事情，我们都会心甘情愿、高高兴兴地去做。我们现在必须走了。维拉。萨拉。咱们走吧。晚安。拥抱不是我的风格，但你不握个手可不行。来。祝贺。晚安，……晚安，以利沙。"

25

客人都走了。外面的路灯亮了。房间里面，有一种严肃的静止。过了一会儿，以利沙·波马兰兹也出去了，独自在黑夜里散散步。这一天是安息日。录音机的声响慢慢听不见了。穿戴整齐的孩子们的合唱团在背景中唱着安息日歌曲。声音又高又纯。冬天的空气还有点刺骨的清凉。东边，黑暗中还能感觉到山的影子。新波兰的国王米奇斯瓦夫穿着一件大衣，头上戴着一顶破旧的犹太小帽。手里握着手杖。狗在黑暗中跑在前面领路。他是一只发育不良、黄褐色的动物，不知道从什么地方来，从石头里跑来，或许是从叙利亚那一面。他尾巴下垂的角度，看着有点像胡狼，也有点像狐狸。他支着鼻子往前嗅着，直到鼻子差不多碰到泥泞的地面，喘息着，眼中有一种病态的黄色的光，耳朵下垂着，尾巴了无生气地奄拉在两条后腿之间。他看起来总像是刚刚挨打了，正在图谋报复。而且，他总是不停地一阵一阵的打嗝。

波马兰兹闭上了眼睛。他跟在狗后面慢慢走着，就像在迎面顶着强风一样。但是，风并不是强风，而是轻柔的风。他用拐杖探寻着黑暗，在其中探测到了一种厚重的、差不多是黏稠的质地。他的眼睛还是闭着的，但他还是看见了树冠，在脑子里注意到了无望地纠缠着树冠的风中的忧伤，树冠之上，那假冒的海洋深处的星星。藏身的蟋蟀用奇怪的语言发布着信号。一只胡狼开始嚎叫，然后又马上陷入沉默。

波兰人轻轻打了个嗝，刨着地面，用胳膊肘靠着从四面八方朝他飘来的山的音乐中。他因为使劲而有些痉挛，他牙关紧锁，双肩紧张。最后，他终于摆脱出来，从草地上抬起了几英寸，短短的急促的犹疑，他马上失去了力量，沉到地上。

身下的土地像是天鹅绒，他满心悔意地吸吮着它，发出一声温暖的、沉闷的声音，一种沙沙声，就像松树发出的声音。

和平在四面八方。

也在他心里。

26

春天来了。雪开始融化，鸟儿从它们的漫游中回来了，莫斯科郊外，湖中再次有了划艇。还有，米哈伊尔·安德里希，或者不管他真叫什么名字，从巴勒斯坦回来了，带回来大批照片、录音和各种故事，他把这一切都摆在六局局长面前。他照常熟练地、优雅地为他的故事润色，高高兴兴地夸张、流连于繁琐的细节，直到令人绝望。他不停地说了三天三夜，只有命令他倒茶时才停下；即使是打瞌睡时，斯特法也能听见他的声音，她迷迷糊糊做起梦来，而他还是不停地说。他带着惊喜描绘着那里风景的美丽，犹太人的能量，约旦河可怜的规模，带着互相矛盾的原则的种类繁杂的移民建造着的这个国家。他也谈到了军事、经济和科学上的潜力，还有人力资源的情况：发疯的意第绪修表匠发明了公式，还提供了证据，苍白的波兰小贩，加利利的山上，一个有奇特能力的淳朴的牧羊人，他要么是一个骗子，要么是一个天才。照片都看了，录音也很清晰，在远处的山里面，大概已经找到了最终的解决方案。可能，费多谢耶娃同志，我们可能有几种可能性，意外的可能性，假如它不是一个陷阱或者幻觉。可能有隐藏的力量，革命力量的来源。我这么个笨蛋，哪里能理解这些微妙之处。它可能引向秘密射线，绝对武器。费多谢耶娃同志，当宇宙的秘密开始展现时，我们肯定会陷入全面的恐惧和恐慌。从此以后，一切都有可能，所有一切，我没法告诉你，请原谅我，我没法告诉你这有多可怕。用你的手指头摸摸我们，你就知道我们这些时日一直在发抖，像一个孩子那样怕得发抖。好吧，我马上打住。马上，费多谢耶娃同志，立马，立刻，你瞧，一二三四停。安德里希安静极了。绝对沉默。

复活节时，她有假期，斯特法作为电子工程副委员的客人到新西伯利亚去待了几天。这个人是普希金诗歌和革命前的彼得堡宫廷丑闻的专家，他追费多谢耶娃有些日子了，甚至给她寄来了他写的一首史诗。他又黑又壮，左臂没有了，有很多各种颜色的军功章。他叫库明，库明工程师，有很多人不喜欢他敏锐的头脑和冷酷的清醒。

库明穿着熊皮大衣来接斯特法，用雪车将她送到了他在一个小旅馆里为她安排的临时办公室。他隆重地帮她脱下大衣，他又请她喝了两三杯伏特加，然后他马上给她提出几个方案供她选择：吃饭，休息，谈话，或者是出门，或部分或所有这些可能的任何组合，随便她选哪个顺序。斯特法冷淡而礼貌地用她最直率的微笑哄骗着库明，直到他的下颌颤抖起来，他原本流畅的话语也结结巴巴地停下来了。她想出门，条件是他自己给她当向导，选择和讲解他觉得最有趣的景点。

副委员难道真的希望能够骗得了斯特法、掩盖他那狂野的幻想吗，他像一台强有力的机器一样全身都在颤抖。

他们乘着雪车去考察山和湖之间的工程。雪白得耀眼，迫使他们戴上了墨镜。库明一径笑啊叫啊，更像个学生，而不是一个副委员。斯特法偶尔给他一点小小的希望。

他们把车开到一排巨大的变压器前，库明随便做了一些介绍。他那么明显地心系旁骛，陪同他们的人都偷偷窃笑。副委员眼神很尖，挥手让他们走开。在地下的工程室，陪同他们的只有他最密切的私人秘书和一个高级技工。不过，连这两位也不许跟着他们进办公室。库明在门口鞠躬，把脑袋撞在门框上了，往回一跳，把他的客人半推着进了屋，然后把门在他身后锁了起来。他面对着她站着，看起来愁眉苦脸，魂不守舍。

突然，他抓起一根棍子，一语不发，开始指向两面墙上挂着的计划和图表。斯特法想，现在他要把灯关掉，在我面前跪下，或者是突然用棍子打我，把我的衣服脱下来。

但库明既没有跪下，也没有攻击她。他倒在扶手椅里，用一只手掩住脸，开始结结巴巴地说，他们并不是陌生人，他们并不仅仅是被因缘际会抛到一起的偶然相识，不是，他们是兄妹，世界上没有任何力量能够割断这样的血肉联系。

"我……我不知道你是什么意思，奥斯普·格雷戈里奇。"

"你是我的妹妹，费多谢耶娃同志，你干嘛逗我玩儿，你干嘛要玩儿捉迷藏的游戏，你是我的妹妹，我是你的哥哥，就这么简单。"

"那么，我要么是喝醉了，要么是发疯了，因为我一点儿都不明白你在说什么。"

"Lahayim（干杯）。Yom Kippur（赎罪日）。Mazzletov（恭喜）。Yisroel（以色列）。我们是兄妹，费多谢耶娃同志。不是两个人，而是一个人。Yomtov（犹太假日），Boruch-Ato（赞美你）。我们俩是一个整体，它的心在渴望着自己的国土。你从工作中，肯定已经听说过那儿的情况如何，我们自己的国土，你为什么沉默，我们为什么不投入双方的怀抱，一起流下滚烫的泪水？那儿没有雪，没有狼或熊，但是，在那里，我们犹太人在阳光下耕种、奔跑、亲吻，在我们的山间呼吸着太阳，在那里，他们写诗，或者养猫，或者在我们的山上栽种一排一排的树，一座犹太人的山，费多谢耶娃，它不倒塌，它稳稳地高高耸立着，就是那么一座犹太人的山，就像当一座犹太人的山或犹太人的海或犹太人的森林只不过是世界上最简单的一回事，或者只是一份简单的为整个世界提供的犹太人记录，就像任何其他记录一样，一份保加利亚记录，一份土耳其记录，只不过这是一份在犹太国内的犹太记录。我们这小脑瓜能理解这一点吗，费多谢耶娃同志？然后这一切会达到什么目标呢，显然，达成一种活下来、轻抚一切的深沉而可怕的愿望，哪怕绊倒，趔趔趄趄然后倒下，它意味着犹太人和有形的领域之间达成的和平协议，对某个数量的有形物体来说，在一块有限的领土内，与犹太人的和平。和犹太人，费多谢耶娃同志，像你和我这样的犹太人，来吧，抱住我，我的妹妹，它意味着一小片土地，上面的水、森林、天地和平原都改宗了犹太教，一闪之间，一切都改变了，从现在起，这个星系已经做好了宽容我们的准备，忍受我们的外表，忍耐我们的曲调，我们的气味，我们的笑话，不再没完没了地骚扰我们，哪怕它是在一个很小的角落，在地球的最边缘，在小人国。突然，我们都得到了超乎所有希望的赦免，我们突然被原谅了，有些美丽的犹太人，他们有时候得到遗忘的许可，只有在他们愿意记忆的时候才去记忆。还可以住在阳光下，一辈子每一天，别人只用他们自己的名字称呼他们，随心所欲地种植、行走、射击和吐痰，看看你吧，你在和我一起哭泣，我的甜心，你不由自主地停不下来，不要试着掩藏，我们可以一起哭两分钟，然后我们擦干眼泪，然后去看涡轮机，看完涡轮机以后，我们直接回到旅馆我房间里我的床上，如果你拒绝帮助我，我要把你从地球表面上抹掉，我亲爱的妹妹。这儿，我们有三个泵，国内最大的泵，就这三个泵，可以在一百一十天内把整个波罗的海全部抽干。当然，我是从理论上说。想想吧，我最亲爱的。我说这一切的目的都是为了说明情况，为了这个目的，我再给你讲个小故事。我父亲是个希伯来语诗人，一种疯子，一个犹太复国主义者，奥德赛街头一只迷途的羔羊。他一辈子都在写诗，写的都是卡梅尔山，塔博尔山和莫里亚山，耶路撒冷的哭墙，沙漠和圣人的墓地。他的渴望是那么强烈，他突然病倒了。某种肠道腐烂。很污秽。可怜的家伙受尽了折磨，他的家人也都随着他的症状而受尽了折磨。我父亲忍受了七年的痛苦。我，我这个彻头彻尾的狗杂种，我受不了他受苦的样子，几年前，趁他死了或他把我折磨死之前，我帮他收拾收拾送到巴勒斯坦去了。你知道吗，费多谢耶娃同志，在他暮年时，等他到了他梦中的国土以后，他变成什么样子了吗？老人定居下来，无疑是在他一直仰视的一座山间，在圣人的墓地之间，在那儿，在他长期梦想着的巴勒斯坦，在山和墓之间，老人在行将就木之年继续写着忧伤的诗歌，向往着另一个巴勒斯坦——真正的巴勒斯坦。全都是真诚的。全都是希伯来语。和圣经的语言。"

27

星期六晚上，如事先宣布的，经过一些适宜的音乐介绍之后，广播安排了一个介绍波马兰兹那轰动的发现的特别节目。

访谈人开始请基布兹委员会的书记恩斯特讲话。

恩斯特用精心选用和完美平衡的用语，就像是情报部门的头头在一大群听众面前接受交叉审问一样，应访谈人的要求，扼要而又具体地描绘了基布兹生活的方方面面。他用低沉的声音和仔细选择的词汇，讲述在集体主义生活的框架下一个创造性的思想家的地位。

遽然间，一个年轻的广播员的声音响起来，用抒情、狂喜的声调形容着上加利利的风景，树木岩石，基布兹，美丽的山坡上那田园诗般的羊群，临近的房子，房子本身，四壁一起谈一下，分开来又谈一下，房间里的家具，花瓶，然后又回到地和天和普通的门廊。连狗都没有漏掉。只是因为某种原因，他被提拔成了一只纯种阿尔萨斯。

然后他们简略地谈到了这个事件在国际上的重要性，再邀请一组杰出学者来讨论无限的主题：古希腊、原子论者和毕达哥拉斯、康德和无限、无限和康托尔。还有新康德主义者，以及加夫龙斯基和赫尔曼·科恩那不可避免的失败。博尔扎诺想解释数学上的无限，结果毫无希望地纠缠进了无法解决的矛盾。与此相反，爱因斯坦对无限持谦逊态度。潜在的和实际的无限。戴德金和皮尔斯。无法逃避的荒谬。对人类理解的挑战。

　　血肉之躯的精神局限。

　　诡秘的自然那沉默的讽刺。

　　学习谦逊的绝好课程。

　　不可能理解无限，因而也不可能理解死亡。

　　结果是——神秘主义。形而上学的渴求。

　　奇迹般的启蒙的希望。

　　得到拯救的希望。

　　得到光明的希望。

　　接下来，一个酸溜溜、说话刺耳的学者建议小心谨慎：这次发现，最终说不定又会引起争议，成为一次玩得很聪明的数学欺诈。还有，巧的是，数学无限也不是无人涉猎的领域。希尔伯特的形式主义学派曾经一劳永逸地定义过它，怀特黑德和罗素的学派也从另一个角度做出过定义。这个说话刺耳的学者说，最好不要庆祝得太早。走着瞧。

埃里希·范登堡拉比博士则利用这个机会提醒听众，神秘的犹太卡巴拉经学提到了几种无限，譬如被包围的无限、包围其他的无限，以及超凡的无限。事实上，科学自身——一如既往，总是迟迟地——要来和信仰达成和谐，这个发现的真正重要性可能就在这里，是通向拯救的第一步。

主席总结了整个讨论，他说，这对科学，尤其是以色列的科学界来说是一个很幸福的日子，最重要的是，这是一个独特而动人的人类文件。他结束发言后，广播里放上了一段电子音乐，随后是交通状况或海关的问题。

那天晚上，在比雷埃夫斯海港，海水终于淹没和毁掉了一个用烂木头盖成的钓鱼码头。海水从深处沸腾着，冒着咸咸的泡沫。海浪飞扬起来，有节奏地撞击着海堤，一下一下狠狠地上升撞击着，起初是软软地，然后又是重重地，无情地，凶狠地，一次又一次地，按着它快乐的节奏，海中的海中的海。远处，山巅啮咬和撕扯着新月，把它抓在自己的爪子中。

一个年轻女子整夜站在她面对着比雷埃夫斯港的房子的窗前，看着这一切，突然她冲出房子，永远不再回来。

28

与此同时，陌生人还在源源不断地到来：想发财的，有闲心好奇的，他们全都又兴奋又热情。还有外国大学、研究中心和著名科学机构的代表们。

偷偷摸摸地，间谍们也蹑手蹑脚地和那些更愿意继续留在暗中的势力联手了。大企业和机构的代表躲在暗处。德国-比利时资本。瑞士-美国集团。一个代表进步党政府的奥地利间谍。一个黑女人。一辆看起来像是游艇的车载来一群拉丁青年。一对带着来自远东的具体提案的希腊犹太人。

在波马兰兹看来，大部分访客都像是精明的、永远是友好的人物，机警，有时候带有一种近似于炉火纯青的精湛技艺的狡猾。

所有这些人，以不同的方式和不同的语言，试图交谈、接近、窥视、用他们的指头触摸、抓住一点火花，哪怕它多么微小，至少把什么东西带走，得到一丁点儿理解，不惜一切代价与这个伟大的人交上朋友。

基布兹成员，至少是在他们之间，管这些访客们叫"朝圣者"。

他们所有人，毫无例外地都张大鼻孔吸着这个定理，摸索着它的分歧，追索着这种可能性：谁知道，从这个新发现中没准会诞生：

能够在很远的距离之外操作的神秘射线。

一种新形式的能量聚集，出奇地简单，又惊人地强大。

偶然征服一些最强有力的自然之法。

没有任何人或物能够承受的绝对武器。

真空。

违反地心引力。

遥控。

了解地球平衡的本质的一种可能的途径。

制约宇宙的力量，或者如果需要的话，用一种力量制衡另一种力量。

无法想象的力量，拥有这种力量的人，拥有无人挑战的控制，除了世界末日，这种控制不会减弱丝毫。

全面征服。

波马兰兹感觉到他的私生活将被这些狂热的访客们包围，有一段时间，还试着躲避他们。他请办公室不要转电话留言，他不写回信。下午，他躲在图书馆或财务的办公室里。不在这儿。出门了。正忙。不接待客人。没有这个人。从来没有这么个人。下个月。明年。就这样。

但这一切都是徒劳。那些更明目张胆的人，哪怕他在果园尽头他们也能找到他，或者发现他晚上独自一人坐在空空的缝纫间里。于是他放弃了托词。他毫无区别或偏好地跟他们所有人交谈，团体或个人，日本记者或来自格拉斯哥的纯数学家，他准确而生动形象地描绘着音乐的内在力量或者是秋叶的静好。他的声音很放松，也令人放松，近乎说教，想安抚他们所有人，把他们从内心的爪子上释放出来。有时候，他的脸上带着在那些有点近视眼的人看来像高明的嘲讽。毫无疑问，他那厚重的下颌令人怀疑。在他内心，他根本没有任何讽刺。以他孤寂的方式，他几乎同情他们那因为渴求吸收力量的燃烧的热望而带来的伤害。日本记者、康奈尔的社会改革家、东欧间谍、斯堪的纳维亚的记者团，有那么一会儿，很明显，在他们的衣装下，他们的身体被一种可怕的渴望扭曲了，他们渴望主宰、征服和掌控的力量的秘密，渴望它无法想象的不同形式的快感，充斥着一种苦涩的、不懈的对全能的向往。波马兰兹发

132

现，这种畸形比肉体的欲望更折磨人，比对荣誉的欲望更阴险，比饥渴更加强烈，伤害和腐蚀人的肉体和灵魂。

他们中每一个人，无论老少，是希腊人、女人，还是犹太人，他们所有人都在不停地追求一种波马兰兹说不定能够给予他们的东西。

为了换取这种东西，他们热切地答应，要么仅仅是暗示，要么是极恶心地挤挤眼睛，要给他大量提供：

金钱。

荣誉。

女人。

世界知名。

以上所有一切，或其中任何一样。

以利沙·波马兰兹，尽管没有抱太大希望，还是不懈地尽最大的努力让他们那遭到困扰的灵魂得到安宁。他什么也没有给予他们，他从他们那里什么也没有得到，他再也不试图躲开他们，他只是想为这些受到困扰的困扰他的人带来解脱。在他们身上灌输一种不同的内在节奏。教会他们休息。为让所有的人祈望和平，给所有的人带来和平。

29

　　为让所有的人祈望和平，给所有的人带来和平，这也是奥黛丽渴望的事情。她和五六个像她一样的旅人一起，荷兰人，受损的人，美国人，她这一阵子一直住在红海的海滨，在这里，夏天永远不会结束。他们在那儿的海滩上用破木板为自己盖了一个小棚子，互相分享着梦想和白日梦。他们被太阳晒成了古铜色，瘦骨嶙峋，在海里嬉戏游泳，晚上观赏着星星，缓缓的节奏，就像在这个令人眼花缭乱的地区渐渐进入了瘫痪。每天晚上，这群孤儿在某家旅馆或夜总会门口坐下，他们弹着吉他，唱着振奋灵魂的歌曲，伸出手要零钱。他们大半在等待着，尽管大部分时间他们并没有感觉到，也不知道他们是在等待，在等待什么，或许是在等待荒野里突然出现的声音，或者是红色的山峦开始挪动，并且恢宏地加入歌唱。

　　与此同时，他们也想到往东走一段时间，寻找守卫约旦边界的士兵，帮助他们看见光明。

一天晚上，当太阳的炙热稍微收敛了一些之后，孤儿们光着脚沿着海岸线往东走去。圆润的碎石刮磨着他们的脚跟，给他们内心悸动的精神快乐又增添了一种感官的愉悦。他们多么热情奔放啊，将自己看作年轻的使徒，被他们的使命席卷而走，杰夫和哈利带着吉他，桑迪唱着和平的歌曲，像乘风而来的奥黛丽带着路。

当太阳落到西面山尖上时，他们到达了铁丝网前，他们就在这儿停下了。

太阳那野蛮的强光消失了，现在，从水上升起了温柔的水的光芒。这是沙漠的夜晚；天转成了灰色，红色的群山像可怕的火焰的遗体那样站立着。在铁丝网前，他们发现了一个小小的防空洞，里面有沙袋和简单的战壕，埃利亚沙、维尔奈和阿多诺坐在壕沟外面的沙滩上抽烟。和刚刚到来的这几个人一样，这三个士兵也是光着脚的。

杰夫和哈利带着吉他，唱和平歌曲的桑迪，士兵们静静地抽着烟，只是半转过身来漠然地打量了他们一下。然后，维尔奈站了起来，清了清嗓子，停了一下，突然拿出一条手绢，开始很大声地擤鼻涕。小埃利亚沙眼睛离不开奥黛丽的身体，但不敢看她的脸。阿多诺朝着黑色的水面用石头子打着水漂。远处，有一艘货船在鸣笛。毫无疑问是在开出海湾，毫无疑问灯火通明，毫无疑问是开往红海和非洲角，开往印度洋和远东。

最先开口说话的是阿多诺，说的是结结巴巴的英语：这是军队的地方。这儿不能照相。你们来这儿干嘛？

这些简单的话让两边的人都浅笑起来。这帮旅行的人有照相机吗？他们可能有照相机吗？桑迪伸出手，维尔奈给他一支烟。杰夫有点发言人的模样，他解释说，屠杀只会带来更多的屠杀，而爱则能不断带来爱。

用不了几分钟，由于语言障碍，这通说教就说不下去了。

但是，有一个词，穿透了语言障碍，进入了他们的内心，引起了某种变化，他们的关系发生了转折。

埃利亚沙，摩西——一个来自宗教学校的内向的孩子——接受和理解了这个英语词"爱"。他从来没有看见过女孩子裙子里头是什么，尽管他曾经偷偷跑进电影院，看见裸露的乳房晃了一下。现在，当杰夫说这个英语词"爱"的时候，奥黛丽弯腰钻过铁丝网，来和士兵们坐在一起。她只穿着一块包在她身上的布，可能是彩色的床单，她弯腰时，她的乳房露出来，开始晃动，她用手捂住它们，但它们反抗了，发出了轻轻的响声，就在夜晚的灰色亮光中。

痛苦和羞辱突然控制住了埃利亚沙，摩西。嗜血的上了油彩的印第安人武士在他的裤子里蠢蠢欲动，斧钺挥动着，从所有的洞穴和藏身之地发出充满仇恨和愤怒的战斗吼声。埃利亚沙，摩西下士开始打粗野的手势，鼻子里呼哧呼哧喘着粗气，用喉音很重的英语请求他们；他甚至还用了脏话。一束丑陋的光芒在他眼中闪烁着，他的半张脸扭成了一个肮脏的微笑。

就像森林之火一样，这种情绪也摄住了他的战友。看得出他们在颤抖。突然，一种沉重的苦涩的沉默降临了。空气变得黑暗。听不见任何声音。这个地方很偏僻，谁也帮不了忙。即使是那黑色的河水，听起来也像是在沸腾、密谋。

乐队转身要走。过了一会儿，桑迪和哈利开始奔跑，拉着奥黛丽的胳膊拖着她。她和他们一起跑，泪水从她的脸上簌簌流下。石头追着他们。埃利亚沙下士，被他所受的折磨逼得疯狂，用阿拉伯语朝他们喊着愤怒的诅咒。直到边境对面的敌方的士兵也听到了，用四倍的力量骂回来。

到黎明时，能够听见稀稀落落的枪声。有人提交了投诉。

30

在美丽的德国小镇巴登-巴登的一座湖的岸边，有一座做得看起来像是《汉塞尔和格莱特》里巫婆的房子一样的小木棚。从这个小木棚里，可以租到小船去湖上划船，主要是租给外国人和寻找大自然的成双成对的人。

一个寒冷的蓝色的春日，三个陌生人从一个有利地形监视着这个小木棚。这三个人都年轻而强壮，剪得短短的金发，英俊逼人，外表上看着惊人地相似。他们蹲在他们躲藏的地方，监视着小木棚。

其中一个，躲在一株古树厚厚的冠盖下，专心致志地听着一个小无线电收音机的耳机。第二个躲在芦苇丛中，从一支无声步枪的准心里不断地瞄准着小木棚。第三个穿着潜水衣，在浅水的水面下等着随时需要他注意的事件。

现在，在通向小木棚的路上，一个利索的小个子男人费力地往前走着，他矮矮的、手指很小，耳朵像蝙蝠耳朵。他看起来像是一个拉比，这个拉比把领子竖得高高的，偷偷地溜到镇边上去搞偷情活动。他不年轻，他为之竖起领子、早上在耳朵后面洒了科隆香水、为之现在在租最好的船只、现在又轻轻地一起把船划入湖心的那个女人，也不年轻了。

但是，每一方面都迷人，有吸引力，玲珑精致。

她又高又瘦，肩膀有点轻微的下垂：她看起来像是突然要昏倒，需要帮助。这个特质有点遮人耳目，即使从远处再看一眼，都能看到她的下颌的曲线，或者是她的小手突然一动，灵巧地将一星灰土或一颗泥点从她的绿色毛料裙子上掸掉时，其中蕴含的无情的力量。

远远地在湖中，当透明的蓝天出现在巴登-巴登上空时，费多谢耶娃突然露出了她最准确的微笑。男人被迷住了。他忘掉了自己的开场白，不过马上就恢复过来了。不过，斯特法知道他要干什么。

"过了这么多年，终于认识你，让我十分高兴。我十分尊敬你，十分崇拜你。如果不是我们的职业不允许我们保留纪念物，我就会在此时此地请你给我签名。我想说的是，我是你最忠诚的崇拜者之一。不过说到点子上：我不懂你的计算给你显示出了什么。哪个是你的支出栏，哪个是你的收入栏。

我给你提出一个简单、直率的提案：我提出来，你仔细考虑，决定接受还是不接受。你为什么不接受呢？我不收任何费用。别告诉我，你怀疑有什么花招或陷阱。这样的怀疑，你肯定知道，会大大破坏我们之间的互相信任。你随意吧。我听你吆喝。免费，无偿。叫它感情需要吧。叫它犹太复国主义的冲动。我不会改变主意，我也不会提出任何条件，除了坚持你必须带着万分谨慎来接待我。但是，毕竟，你在谨慎这门艺术上是大师。我们来决定需要做出的安排吧。别提让我厌倦的问题，譬如我突然选择向一个你这样的人推心置腹是有什么考虑或动机。然后我就会说再见，再会。你接受不接受？"

小个子男人没有马上回答。他考虑了一会儿，他思考的时候，差不多完全闭上了一只眼，似乎是为了节省他的视力。

突然，他跳了起来，就像突然被蜇了一下一样，差点把船都弄翻了；斯特拉从手袋中摸出香烟时，他闪电般地把手放进口袋，拿出一只打火机。

然后他笑了，当他的同伴并没有回应他的笑时，他把另一只眼也闭上了。然后他就开始说话，说了很多，带着无法理解的耐心，用一种诵读《塔木德》时的节奏：

"是，是，夫人。确实是。你不能通过邮件生孩子，请原

140

谅我用这个比喻。得，我道歉，我从心底里为我的用语道歉。我一兴奋就忘形，夫人。就是兴奋使我采纳了一种粗俗和可疑的语气。

"我敢肯定你能理解我的感情，夫人。我在这里，你在这里，周围没有任何别人，我们单独在一起，在水上漂浮，水——我全心全意地相信——是一个非常重要的元素，是生命的主要支柱之一。所以，夫人——请允许我——波马兰兹夫人，所以我们在一个陌生的镇子碰头，在这样超乎寻常的情形下划船到湖中心，此外，你完全可以说，我们这么多年彼此之间有着联系，嗯，怎么说呢，我们觉得互相之间有很强的吸引力，我们用了很多时间来从远处注视着对方，我们之间有一种感情纽带，我说感情纽带是社会结构的本质，你一定会同意我。这些年间，我们之间玩了些多么有意思的游戏啊。我们玩了多少调皮的恶作剧。我正要把我们长期的关系和通过中介进行的打情骂俏进行一番比较。不过，这一次我闭嘴了，什么都没说。好，现在我们见面了。真是难以相信。我们像那做梦的，亲爱的女士，如果你允许我使用圣经语言。得，语言是一个无法估量的礼物；谁能用尽它的赞美？但我马上掐我自己，夫人——于是——砰，所有兴奋的梦就都没了。现在，遵你所命，说实在的。我十

141

分清醒，做好了一切准备。发令吧，夫人：蠕虫雅各和后面的以色列都在一同聆听俄罗斯母亲的声音。好。天多蓝啊；我不由自主地想起歌德的诗，或者是浪漫派哲学家的空想。顺便问一下，费多谢耶娃夫人是当真的吗？还是她只想捉弄一个不再年轻的孤独的男人，把他当作笑料——就是我——，一了百了？夫人必须理解我：我是一个受过伤害的人，我已经被年轻女性们伤害够了——两三个。不过，这是整整一代之前。不过，夫人，不值得的顾虑、无法克服的怀疑、本质上的不安全感、对女性的恐惧、某些偏见——所有这些都驱使我先要搞清你的意图，然后才会随心所欲地放纵我的感情。我必须要一点象征，一些简单的证据，表明你的意图是严肃的。比如说，一丁点儿库明工程师，奥斯普·格雷戈里奇，那么聪明地生产出来的燃料。一小滴，或者足够装满我身上的打火机，或者说或许不是一滴，完全不是燃料，而是说服这个好工程师本人利用这个机会和你一同旅行。此外，你到我们这里的时候，一俟最初的欢乐日子结束，我必须克制我们的快乐，插上某些插头，拔掉另外一些插头，在连接点上做出某些改变，这是最基本的花招，其目的我一点儿也不想瞒着你，夫人：就是为了关闭所有逃跑路线，不管它们看起来有多么完美。破釜沉舟。其目的是消除任何后悔的感觉，因为，以我愚见，后悔会带来不断的精神痛苦。让我们用词语来发泄，我们所爱的以利沙·波马兰兹不会用这些词，但我们热爱诗歌，却可以合法正当地使用：我们将把你从俄罗斯母亲的魔爪中解救出来，仔细地、充满爱意地永远把你移植到以色列的土地上，带着这样的希望和某种信念：在我们父亲的土地上，你会绽放，成倍地绽放。"

斯特法：

"我们或多或少了解对方。不错。我必须重申、强调：巴勒斯坦必须好好关照我和他。我的部下会十分愤怒，他们很有手段，我们在冒很大风险。碰巧，你提到库明、谈到固体燃料之类的时候，树上的鸟儿开始叫起来，我没听清你说的是什么。现在三点二十了。"

小个子男人：

"那当然了，亲爱的女士。放宽心，我们会像保护我们的眼珠一样保护你，保护对你来说很亲的那个人。恕我直言，爱人之间，这些话不用说就能互相明白。我们会精心照顾你们两位。请允许我，夫人，原谅我，我是个平庸的人，我要表述一个平庸的观感。我们经过了热血和战火的洗礼建立了一个自由的犹太国家，究竟是为了什么？当然了，首当其冲的当然就是给每个受迫害的犹太人提供安全的避难所。顺便说一下，亲爱的女士，你到现在当然对我们有所了解：我们可能对凶狠的鲨鱼很凶狠——但我们对温良的驯鹿很温良。现在，我们有了家庭团聚和悔改这些抽象概念的具体体现……我们眼中充满泪水，亲爱的女士，谁会那么傻，不承认眼泪是感情的确切标志？"

费多谢耶娃：

"不要说话。现在你仔细听着。二月二日到十六日之间任何一天，晚上六点到十点之间，在米兰的大使酒店，让两名女士等着我。女士，不要男士。两名。没有别的人。没有暗藏的陌生人，就像你今天在我们会面时安插的那些。顺便说一下，你这么做太不客气了。这两个等着我的女士，如果她们看见我在抽烟，她们就会知道我不是单独一个人，有人和我在一起。这种情况下，她们就应当自己逃命，因为她们的处境十分危险。如果她们看见我时我没有抽烟，我就是她们的了，一切就看她们有多机智灵巧了。现在我们必须分手。眼下，不要给我在巴勒斯坦要投奔的那个人任何暗示或线索。只是保护他不受伤害。如果他出了什么事，我对你就毫无用处了，你再也见不到我了。现在往岸边上划吧。自然，你可以随便跟我说你想说的任何话，我当然不会禁止你跟我说话，你的行为举止显然是很好的，你想说什么就说吧。不过，如果我从现在起再也不听，请原谅我。那些鸟儿又在歌唱了。我偏头痛犯了。再见。记住，开车小心。"

31

恩斯特和他的两个中年妇女朋友拜访波马兰兹一个星期以后，下一个星期五晚上，文化委员会为这个发现及其发现者组织了一次简单的庆祝活动。

但是，就在活动之前一两个小时，嘉宾的狗去世了。狗伸了伸腿，朝窗外渐远的山峰，或者是在微风中摇曳的窗帘看了几分钟，然后它突然就放弃了，就像突然受到心不在焉或无法忍受的无聊的打击，死了。

他们觉得波马兰兹会伤心，出于感情细腻的考虑，他们决定推迟聚会。昏黄的月亮挂在东方。因为没有云飘过天空，月亮顽固地停留着，安安稳稳地一动不动。

在餐厅里，聚会取消了，他们就放了一个侦探片，一个关于犯罪、虚假动机、真实动机的美国黑白片。波马兰兹独自坐在他房子对面那个小公园里的长椅上。远处的黑暗中，一头母牛傻傻地哞哞叫着，又叫了几声，然后不出声了。奇怪的狗，狼狗，站在树林边缘，大大的，黑黑的，口鼻湿湿的，将它们那垂涎的大嘴伸向月亮。疯狂的月亮穿过松树啮咬着它们。整个晚上，大狗们一直在哀号着。

32

　　波马兰兹的名望逐日扩展到全国和国外。有问题或者有抱负的人继续给他写信，或者来访、探究。他每天晚上进行研究，就着桌子上台灯的光亮进行计算，向无法想象的领域进行谨慎的试探，在那里，数学和音乐那么接近，就像同一片冰雪融化时流出来的两条不同的河流。

　　但是，普通人哪里知道一个大师的私人生活，一个不再年轻的、独自面对自己的肉体的男人每天的日程。

　　长期独身：与无法逃避的肉体以及它的怪癖、要求和强求的关系——压抑已久的厌倦和轻微的恶心。很多年来，他都觉得它非常丑恶。它那无情的、令人厌恶的需求。避不开这个蓝色静脉、反复无常的肉体，就像一个人受到诅咒，一辈子都要被关在一个单独的房间里，与一个静脉肿胀、满嘴口臭的汗津津的老亲戚一起度过余生。还有没完没了的嘟囔、发脾气、抵赖和抱怨。

守口如瓶，不顾一切地集中注意力，逃避，躲避敌人，探索、调查一个清澈、几乎没有空气的空间领域，而与此同时，在那薄薄的隔墙之外，一个兴奋的女孩笑着叫着请求着，就像她是在蜂蜜中打滚，或者是有小小的针尖在扎她的脚后跟。奥黛丽奥黛丽。

你留在毛巾上的体香。咬住牙关控制着自己。

便宜闹钟那无情的专制：起来。上床。坐下。

池子里的碗。

令人懊恼的是，如果你瓶盖拧得不紧，黑鞋油会发干发脆。

牛奶很快就变酸了。

嗓子里一种闷闷的、黏黏的感觉。

黑咖啡。

烧心。

凌晨一阵干咳。

日渐衰老的身体的臭味，连扶手椅上都有，床单上也有。没完没了翻来覆去的打扫。看不见的灰尘。

每天拍地毯。

每时每刻的喘息，就像一个老女人的喘息。

这种时刻，需要提醒你自己，你是发现者，你是名人，你是大师，还是打起精神，洗碗吧，这种需要真让人感到羞耻。

自言自语——用波兰语。

找不到一个简单的日常用语时的绝望的感觉。

数不清的小烦心事：几颗糖粒撒在地上了，招来了一群欢天喜地的蚂蚁，你抓住喷虫剂去作战，一大块油迹马上在你裤子上蔓延开来。

不小心的时刻：你的袖子把杯子从桌子上扫下来了。杯子在地板上摔碎了。一摊洒了的咖啡。地毯也弄脏了，把这次令人羞愧的教训推到极致。

或者是，比如说，干净的内衣不小心混到脏内衣里去了，茶匙不知道怎么跑到你裤子口袋里了，可笑的小闪失，辛辛苦苦换好的电灯泡，结果又是个坏灯泡，柠檬给挤到了奶茶里，所有这一切都让人难堪，一切的关键不就是要行奇迹的力量吗，揭示各个空间领域之间的某种和谐，进行某种拯救吗？

超出一切的，就像那个熊头标本的玻璃眼睛，这种日日夜夜，对一个女人的亲切慷慨的恩赐那粗粝、苦涩的渴望。

升华吧，抛弃你的肉身，你就会得到安宁和和平。有什么比这更简单的真理吗。

33

斯特法第一次前往新西伯利亚拜访库明工程师时，他告诉她，他的老父亲住在巴勒斯坦的圣山顶上，写着渴望锡安山的诗篇。

但老库明只是住在基瓦泰因的老人院里。

除了那使他能够离开俄国的消化紊乱问题之外，老人还有忧郁症和一只耳朵一直流水的毛病。他是一个八十二岁的高个、驼背的老人，有红红的脸颊和浑浊的蓝眼睛。尽管他这儿疼那儿痛，他身上还是有某种非常强壮、敏锐的东西，就像一只猛禽。

尽管他从来没有戴过眼镜，即使是现在视力也过得去，他的鼻子却显得有点突出，就像他刚刚丢了眼镜，外面的世界全是一片模糊。他带着一种永久性的目瞪口呆的恶意的表情。

的确，很多人都以为他是一个傻老头儿。他有不经警告就出现在诗人聚会、教育学家和公众领导人的会议上的习惯，大模大样地用手肘和口舌使用麦克风，带着浓重的俄语口音和愤怒的咆哮谴责什么人或什么事情。他也经常给报纸的编辑们写信，慷慨陈词地宣称公众感兴趣的这一件或那一件事最后都不会有好结局。

　　他因为耳聋，也因为总是一肚子火气，使他看不见任何不尊敬的表现，或者是无知的群众的嘲笑。如果他们回应他的主张，他根本不听；如果他们和他争吵，他听不见他们。有一次，在庆祝工会成立二十五周年时，库明登上了工会委员会的主席台，站在埃什科尔总理面前，大声宣布：你，先生，是给以色列添麻烦的人。人们还没有来得及抓住他，他就以惊人的速度跑到了门口，然后带着厌恶走出了大厅。他马上回到了他在敬老院的房间，开始起草一封写给作家哈伊姆·哈扎兹的又长又沉痛的信。

　　俄国革命之前，格申·库明曾经是敖德萨的一个药剂师、手术助理和诗人。在他的一生中，他经历了各种各样的变化，有些很高尚，另外一些则非常卑贱、屈辱。他年轻的时候，爱上了一个非犹太裔的女学生，他却娶了激烈反对犹太复国主义的盖茨勒家庭的女儿。他把一些向往锡安的诗歌寄给著名的文学编辑拉夫尼茨基，拉夫尼茨基回信说，尽管这些诗歌是无价之宝，但它们都需要大幅缩减。尽管拉夫尼茨基在信末称他为"锡安的甜蜜歌者"，库明一直未能忘记或原谅那个可怕的短语"大幅缩减"。然后革命爆发了。先是他的妻子，后是他的女儿，都爱上了可恨的无政府主义者费奥多尔·索斯洛帕罗夫，跟着他到了撒马尔罕，到了中国边界，到了堪察加，然后他们三个一起在那里消失得无影无踪。据说他们死了，或者是一起自杀了，或者是草原狼在他们旅行途中把他们吃了，也或者他们设法乘船逃到了日本列岛，甚至在冰面上越过了白令海峡。有一阵子传言说三个革命者终于到达了阿根廷，在那里做罐头牛肉发了大财。

几年后，他老来所得的儿子奥斯普，在布尔什维克中间升到了高位，这个叛徒将他的兄弟、艺术家米卡送到了西伯利亚一处劳改营。奥斯普故意做出了这件伤天害理的事情。因为这件事，老头子诅咒这个留在身边的儿子，在安息日当众对他说，你兄弟的血哭喊着骂你，该隐，他还说，诅咒，仆人的仆人。他发誓他再也不要见到他了，确实，他已经有九年没有看见过他了。

只有在格申·库明得了他那令人厌恶的疾病，他周围的人抱怨太多，当局把他从一个地方挪到另一个地方之后，奥斯普才干预了，把老头子从一个疗养院挪到另一个疗养院，从一个地狱挪到另一个地狱，直到最后他们对彼此的厌恶打破了所有界限。然后，奥斯普签了一份文件，允许老头子离开敖德萨，前往先祖的故土，尽管这片故土从任何意义上看，半点都不是它应有的样子。于是，他的心哭泣了，晚间，他的灵魂祈祷着飞升上天，找到天堂一般的耶路撒冷和真正的应许之地。

当老库明在广播上听到波马兰兹的发现，而且在两份报纸上也读到了相关的报道时，毫不奇怪，他很快就坐下来写了一封信，给这位受尊敬的数学家提出了一系列问题：

第一，《周末杂志》上报道说整个宇宙在扩张，这是真的吗？如果是真的，它是在往哪里扩张，它扩张的代价是什么？

第二，笔者一点儿不懂数学，也对数学毫无兴趣。对他来说，最重要的问题是关于无限的问题，而且只有一个目的：来世究竟是有还是没有？他能不能好心回答有或者没有，如果回答是没有，他能不能好心承认，所有这些都是无中生有大惊小怪，无限不是无限，发现也不是发现。

第三，如果整个宇宙事实上都受固定法则的控制，那么，文章中提到的"悖论"又占据着什么空间？如果这个发现还是涉及了"悖论"，说法则就是法则这么傲慢的论断，又有什么权威？

第四，为什么即使在基布兹里，科学家也要把他们关在象牙塔里，用各种各样所谓"普遍的"问题装扮自己，而不是与国内和政府内的腐朽和堕落作斗争？

第五，还要折腾多久？

早上九点钟，格申·库明给他的信贴上了一张新年庆贺的邮票，一张"快递"标签和一张"挂号"标签，然后出去寄信。

到下午三点时，他就开始觉得不耐烦了：他会收到回信吗，回信什么时候会来，回答会充分吗？他的问题，对他来说，突然有了完全无法超越的迫切性。除此之外，他的消化不良又犯了。于是他穿上了棕色的格子西装，系上领带，在胸袋里别了一方白色手帕。做这一番活计时连看都没看一眼镜子。然后他抓起手杖，匆匆出门了，与此同时还不断地点着他那像鸟儿一样的下巴，嘴里大声叨叨着，是，是。

老人从一路汽车换到另一路汽车，从一个尘土飞扬的车站到另一个尘土飞扬的车站，长途跋涉了五小时五十分钟，除了残酷的高温、他腹部的疼痛和滴水的耳朵，他还受到了疯狂的自我憎恨的折磨。

他像恶魔一样往北扫过了撒玛利亚和山谷，他到达了加利利，最后终于在波马兰兹的基布兹下车了。这时已是晚上九点，老人还是跟出门时一样怒火满腔，说不定火气还更大了。他马上开始向两个年轻人盘问本地的圣人兼预言家的住址行踪。吓呆了的年轻人把他带到波马兰兹的房间。但是，就在这一时刻，老库明那模糊的视线死盯住窗户那块正方形的灯光，他突然改了主意。他受到了强烈的疑惑的攻击。他可能是回想起了车尔尼雪夫斯基关于假先知的预见的那首著名诗篇，或者是另一位伟大诗人比亚利克对嘲笑者的多重蔑视。简而言之，库明从整体上对自己、他的信、他这趟愚蠢的旅行、革命、科学和青春都感到十分愤怒。

他毫不犹豫地转身，穿过夜色，走向基布兹的大门。有人跟他打招呼，询问他，很好心地跟他说话，但他照例没有听见，没有倾听，完全置之不理。他找到了弯曲的道路，开始朝高速公路走回去。

晚间。从山谷里传来青蛙的鸣叫。加利利的星星在闪烁。轻柔的夜风似乎在所过之处掠过一道细腻的、漂浮的光幕。

山间的空气在老人身上行了魔法。突然，他觉得他的肺部扩张起来了。一首老歌在他的心中苏醒过来。他的旅行出乎意料地缩短了：一辆军用运输车在汽车站捎上了他，带着他像闪电一样往南直飞，专门为他绕道，出于敬意，把他送到了疗养院的门口。

库明点亮台灯，坐了两三个小时，写他著名的诗篇《山的灵魂》，后来，这首诗被收进了几本教科书。

写完这首诗以后，格申·库明的头脑平静下来了，他的愤怒平息了，就连他的消化问题也减轻了，此外，更重要的是，他耳朵滴水的问题消失得无影无踪。他一向对奇迹之类的勾当深恶痛绝，但这一次，在经历了一阵严肃的内心辩论之后，他允许自己用一次"天意"这个词。

一个星期以后，他收到了他那个断交了的儿子奥斯普的信。他照例不拆、不读就把它撕了，甚至连那张稀有邮票都没放过，然后把碎片扔进厕所冲走了。但是，这一次他内心体会到一种后悔之痛：难道他不是一个卑鄙、自私、麻木不仁的老混蛋，他有什么道德权利发作，发起进攻、引起痛苦、对杰出的发现产生怀疑，甚至突然称埃什科尔总理是"给以色列添麻烦的人"？

他有立即道歉的道德义务。

书面道歉。

34

美丽的德国乡镇巴登-巴登的夜晚。

多米尼加修道院周围环绕着高墙和黑暗。修道院里空无一人。石板，木凳，高高的拱顶，和刺骨的寒冷。管风琴上有一圈影子。空旷的修道院里，空气中有一丝不安的躁动。几个小时了，这里没有一个人，没有音乐，却有什么东西依附在墙上的裂缝里。这里曾经震荡过辉煌的音乐，宏伟而忧郁的波涛，现在，这些古老的墙壁把音乐像无形的射线一样释放出来。办公室关门四五个小时以后，空旷的古老的修道院会用模糊的骚动激活其中的黑暗。如果修道院关门了，一根蜡烛也不点，而管风琴那渴望上天的纯净的轰鸣声被断成各自不同的回声，有声和静默，无声和静默，在这种时候，修道院就应当留给修道院自己：不受任何干扰。

修道院一翼的一间密室里，点着一根蜡烛。一个中年男人，身体壮硕，大手大脚，站在带窗棂的小窗前，看着月亮，或者是看着在风中摇曳的孤独的白杨树。

他左手上握着一只大大的、厚厚的剃刀。他身后的衣柜上燃着蜡烛。因为烛光，剃刀的钢片反射出尖利的闪光。蜡烛不时地闪出一丝红色的火焰。

外面的黑暗深处，修士可以听见夜间火车的轰鸣，还有火车接近一个交叉点时，突然发出的呼啸。

透过窗户的窗棂，他看着外面两个苗条的姑娘在街角，在昏黄的街灯下，在一道暗暗的墙上写字，字的颜色无疑是红色的。可以设想，她们是在写一条反对现有秩序的口号。

在这个多米尼加修道院小小的黑暗密室里，这个孤独的观察者在幻想，他观察到了这两个女孩子在苦寒中冻坏了，其中一个哭了，或者是在沉默的恶毒中狞笑。钢剃刀将一道闪烁的光芒射入他的眼睛，现在，修道士也冲自己狞笑了，静静地磨了磨牙。

然后，他将发光的剃刀放在了喉咙上。他用另一只空着的手拉住了左耳。他的手背上特别多毛，就像一只猴爪，在那虬结的毛簇下，那丰满的肉像生牛肉一样通红，就像没有皮肤覆盖着一样。粗粗的深蓝色的静脉互相交错，就像无法控制下面沉重的血液的跳动。每一次心跳，都让血管颤抖、蹦跳，就像马上要爆炸一样。有什么东西在推动，有什么东西显然在挣扎着要冲出来，一个盲目的肿胀在向外突出。这个强大的身体，一点儿没错，永远不会在岁月的重负下崩溃，也不会在虚弱中渐渐隐退；它会从被压抑的潮汐的力量里喷发出来。

每天早上，在日常一个半小时之前，这个骨架粗大的修道士习惯于用一把锋利的剃刀和冰冷的水刮胡子。他在他的密室的窗户下刮着胡子，没有镜子，全凭记忆；他记得自己脸上所有的五官，就像一个简单的曲调。

宽阔粗糙的下巴。

重重的下颌。

鼻子那可谓庞大的宽度，就像巨大的、无耻的拱门。

修道士也永远放弃了肥皂：除了刀片和裸露的皮肤，别无他物。

于是，干干的发光的剃刀，在干干的皮肤上，他用短促有力的动作刮着胡须，就像伐木工砍伐一座森林。

这不是禁欲，当然也不是自我否认的快乐，或者通过痛苦来羞辱肉体，而是所有这些美德的对立面：每日晚上这粗暴的剃须，给他带来愉悦的颤抖，一种他既不愿意又无法掩藏的感官享受。他用有力、掌控适度的动作将锋利的剃刀刮过他的面颊。他细心地刮过那些血管在温暖地跳动、离下面的皮肤非常近的地方，就是喉咙上方。毛发对剃刀做出反应而噼啪作响，令甜蜜的颤抖沿着他的后背向下传去，完全唤醒了这个骨骼粗大的身体，将体内的呻吟一直输送到他的脚指头的尖端，在他的胯间，一种极乐的和谐，伴随着沸腾的热油的折磨，和燃烧的毒剂，闪过互相交错的不同感觉。冰中之火。

所有这些发生时，都没有一丝一毫的急促慌忙。在肉体能够承受的范围内尽可能地慢，奢侈地延长每一个动作，品尝来自深处的回声，带着极度的精确，训练出来的集中，和最高的敏感度。

不过，就近观察的话，毫无疑问，这一切都是不停地朝着精神极乐努力：

就是这把剃刀，正常地看上去是一只沉重、结实的工具，就在你眼前渐渐地变成锥体，直到变成一个尖点，它的尖头奋力向上升起，要逃脱物质世界的范畴。就像一只哥特式尖顶，这把剃刀无非是一种向着远处的天穹高处踮着脚尖的固体，钢铁的逐步纯化，它的灵魂强有力地渴求着虚空，再更进一步，变成纯粹的思想或精神。

同样，血液也挣扎着逃出肉体的禁锢，要被释放，不受限制、没有束缚地涌流。

同样，拿着剃刀的毛茸茸的手，像一个大师那样精确地移动着，就像它不是一只剃刀，不是夜间剃须，而是就像他在自己的密室里就着烛光为自己拉着小提琴，多米尼加教派的托普夫修士。

同样，毛发剃断时的噼啪声，就像一个可怕的夏日大火燃烧时，庞大的森林所发出的噼啪声，其中总是有细微的差异。

同样，那种向下涌流的感官的愉悦，猛烈攻击着胸口或脊梁底部那些最关键的部位，直到嗓子眼里发出一声低低的呻吟，每一条神经都有节奏地抽搐起来。

同样，当模糊的曙光渐渐浮现，月亮的最后光芒撒在那一排白杨树上。修道院的墙壁。还有那两个女孩子，在外面笑着，冻坏了，或者是在等待一个暗号。火车的鸣叫合着夜晚的拥抱。夜晚本身，在渐渐逝去。窗户上的窗棂。密室墙上的耶稣受难十字架。虔诚的书籍。羞耻。极乐。在死亡上匍匐。远处的黑暗的气味。苦难。沉默。石头般的宁静。

35

　　美丽的德国乡镇巴登-巴登被选作世界数学逻辑学家和哲学家会议召开的地点。

　　上了年纪的哲学家马丁·海德格尔，尽管为人有些争议，还是会致开幕词。

　　现在，正午时分，流动邮件公司的红色卡车沿着阴郁的加利利山那陡峭弯曲的道路快速地向上行驶着。一团尘雾环绕着卡车，在一大堆都不怎么有意思的邮件中，以利沙·波马兰兹收到了一封花里胡哨、盖着金色印章的正式邀请：请备受尊敬的他光临，他被邀请给大会作关于数学无限这个主题的报告。他们还进一步要求，为了考虑周全，也为了给其他尊敬的参加者们提供信息，希望他能够提前交一个他要作的报告的简介或摘要。热切期待，忠诚地、带着深深的崇敬，德国，某年某日。

波马兰兹在脑子里将这个邀请考虑了几天。他衡量着不同的角度和范围，比较可能的结果，就像他承担了挖出一条运河将希腊群岛上的新波兰王国和波罗的海连接起来的责任一样——否则就完全放弃这个责任。

突然，他拿定了主意，准备接受邀请，参加会议。

米奇斯瓦夫一世或皮尔泽瓦斯基末世，难道力量要在将会公开宣布词句的地方把你抛弃吗。

如果力量恰巧在那个时间、那个地点抛弃你，即使那样，也只能是好事。

让它成为狮子的口，一群怀疑和讥讽的听众，一个流血的战场。

他的决定让他十分兴奋，几乎感到快乐了。他对自己说：

"到目前为止。"

还有：

"标本熊的玻璃眼睛。"

还有：

"海德格尔本人。海德格尔自己。"

基布兹委员会马上高兴、友好地批准了他的旅行。

同一次会议上，他们还注意到波马兰兹打算继续用一半的时间来放羊，他还打算继续照常修理基布兹成员的手表，给后进生补课。

这些事实造成了一个十分正面和令人共情的印象。有些人改变了他们以前对以利沙所持的否定意见。有些人耸耸肩，说，行，或者是，很好。当然，仍然有人保留自己的意见，他们在这些认真负责的行为中看到的是虚伪的谦虚，他们认为这种虚伪的谦虚比任何自豪和骄傲还要恶劣：啊，瞧啊，轮到他在餐厅里洗碗呢，就像我们普通老百姓一样，就像我们一样，快点儿，拿相机来，你得把这个拍张照片，他表现得就像个凡人一样，无限老爷在这儿扮演好心人呢。

此外：根据报纸报道，这个新发现遇到了很多挑战者。几家著名大学提出了疑问。很多人改变了想法。学术期刊中还这儿那儿地登一封信或者短评。一名领导美国西部几家研究机构的意大利犹太教授指控波马兰兹造假和玩弄数学杂技；他公开声称，根本没有找到结论，这个公式只是在逻辑学两个学派之间的无人地带玩的一个极为聪明的把戏。

另一方面，一个来自鹿特丹的固执的小教师出现了，含糊地宣称，他自己已经在1939年解决了同一个数学问题，只是因为他运气不好，这个发现才没有被公开。在苏联科学院的讲话中，科学和能源副委员奥斯普·格雷戈里奇·库明，攻击了西方提出的某些无用的理论中空洞的诡辩，以及它们在特拉维夫的流毒。发言人给所有这些诡辩加了一个"塔木德式"的称号。

基布兹成员中，有些人从报纸上搜集并传播所有这类文章，哪怕它们只是出现在奇闻一栏。有些人从这些挑战中得到乐趣。他们私下里耳语、窃笑，陶醉在谣言中，然后偷偷地等着大难临头。定理的崩溃。

大部分基布兹成员都保持中立态度。普通人哪里有资格来判断。有可能是，也可能不是。等等看。我们能干什么。当然不是要做出什么重要决定。不用着急：车到山前必有路。还可能根本就不用爬山。

与此同时，那些后进生继续来上课，笨是笨点儿，但很执着。坐着。出汗。打嗝。使劲用脑子思考。如果他们有了一点醒悟，他们的眼睛会亮起来，他们会欢欣鼓舞地看着他。如果他们还是不明白，他们会安静地回家，然后再回来，过一两天再试。恩斯特的疯儿子约塔姆靠在波马兰兹身上，控制不住地对他说话。但是，谁又不曾有过这样的时候，身体有无法满足的交谈的欲望。他以前甚至还跟鸽子谈话，给夹竹桃树丛发表演讲，更别说女孩子了，女孩子们一看见他走近，就被迫跑去躲起来。

这些女孩子的妈妈们，夜晚乘凉时，从她们坐着的长凳或躺椅上观察着以利沙·波马兰兹，然后互相说：

"名声和风头都是来得快，去得也快。"

"我们以前见过的流星多了——谁现在还记得他们。"

"我们有过一次关于博罗霍夫作品的讲座，很有道理。那个作品叫《空中楼阁》。要不就是塔边金的作品。"

"就像时尚一样。一个人出来，招点儿风头，然后就不见了。就这么回事。"

然后她们说：

"这整个事情都没什么道理。不自然。"

她们还说：

"说不定这整个事情都是假的，一个推测，一场巨大的诈骗。"

　　主题是不同的秘密机构的间谍那可怕的残酷无情和绝望的狡猾。故事的背景是像米兰、都灵、洛迦诺这样的城市里窄窄的箱子，废弃的火车站，和旅馆大堂。中心人物：俄国情报机构的一个重要人物，一个女人，美丽、阔气、神秘，她决定冒着极大的个人风险投入以色列秘密机构的怀中，因为在她内心深处，一种古老的爱突然萌动，还有其他只能暗示的原因。那个恐怖的晚上是用灰黑的色调形成强烈、紧张的反差拍摄的，而中心人物的记忆，交织着快速的动作，则是柔和的灰色和红色，略显朦胧，就像印象派画作。对话很少，言之有物。多数场景都是以含混的震动的发动机为背景声音。没有音乐。很少特效。整个氛围是沉默、恶意的暴力，就像在水下用匕首搏斗。米兰。夜晚。霓虹灯。电话亭。一个外族人角色，带着残酷的狡猾和无情的愚蠢的表情，近景，平脑袋的安德里希在两辆趴在小街上的巨大卡车之间摸黑等候着。停机。旅馆大堂。侍者。一个穿着沙漠长袍戴着金戒指的阿拉伯酋长。轮椅上的一个老人。猴子和鹦鹉。冰美人。一个近视的人在两位绅士中间推推搡搡。蒙着新娘面纱的人。一闪之间，两个胖男人朝着一辆飞速行驶的车子开枪，没有打中，接着再射击。他们从后面开枪，他们没有受到太大干扰，他们操纵着某种发射光线的机器，他们又被打中了，他们还是不加注意，他们完成了一次回路，然后他们像芭蕾舞演员一样倒在对方的怀中，突然，他们不过是塞着人造填充物的布娃娃。然后颜色变了。节奏变了。背景。远景。然后又是灰黑，夜晚，突然停机。一辆货车跌入深沟。一架轻型飞机没有灯光就着陆，然后马上又起飞，接着飞走了。现在是晚上，有个人比别人快了头发丝那么一点点，有个人带来了聪明的消遣，有个人被陷阱套住了，咬牙切齿，一片阴沉中有一道飞快的运动，一道阴影改变了形状，又一次背叛，政变，愤怒，然后夜色渐渐淡出，宁静降临在一切之上。这个作品得到了和斯特法和波马兰兹来自同一个镇子、曾经是歌德学会成员的内阁成员的帮助。那个看着像偷情的拉比的人回到他在老巴特亚姆郊外的简陋的单身公寓里，独自在那里睡了一天两夜，然后把他那胜利的假日延长了一天，给他的私人研究课题增加了两页，他研究的是无人探索过的有关十八世纪两位互相竞争的塔木德学者艾贝许茨和埃姆登之间的激烈分歧，对此他也做出了现有的研究未曾做出的发现。至于扁平脑袋的米哈伊尔·安德里希，他很快意识到了他的失败的后果，于是到美国寻求政治避难。在提供某些帮助、得到奖赏以后，他有一段时间靠在电影里扮演旧式俄国地主为生，还演一些不择手段的恶棍和贵族移民。最终，他在阿根廷定居，如果谣言可靠的话，他在罐头牛肉买卖里发了大财。

37

与此同时，加利利在春天浓郁的芳香中苏醒过来。每天早上，万物都沉浸在湿润的阳光里。忧郁的群山突然变得狂喜，燃烧着红色的银莲花，不羁地旋转着，在不停变幻的光线中令人目眩。近景：有些蝴蝶。蜜蜂嗡嗡地飞翔。飞蚁低低的嗡嗡声。拂晓的露珠。唱着新歌的新鸟。花蕾爆芽了。

每天早上，以利沙·波马兰兹也会路过基布兹办公室，身材矮小，穿着工作服，他的帽子毫不留情地遮住了他上半个脑袋，手里抓着一支牧羊杖。恩斯特从别人看不见的地方，从办公室的窗户里忍住微笑，抬起了一条眉毛：当真？然后他马上回到了复印机前，重复道：当真？

每个星期有四五天，波马兰兹去放羊。每天晚上，他坐在自己的房间里。如果他有客人来访，他会给他们咖啡和饼干。恩斯特的两个中年妇女朋友维拉和萨拉，负起了责任，保证他这里总是有饼干供应。有时候，还有别的志愿者。他和他的客人进行轻松、有学问的对话：音乐，对进步的希望及其危险，一般性事件，此时此处的事件。偶尔，客人会开始讨论感情压力，他或许可以从他本人最近的经历中举个例子。以利沙关注地听着，有时候会温和地回答，甚至含糊地暗示一种安宁，一种和平的可能性，尽管看起来根本不可能有和平。然后他会停下来，把他全副注意力都放在正在说的话题上，尽管话题十分乏味。

他还经常聆听别的声音，比如水管中的水那不羁的喧腾，远处草地上一个孩子的尖叫，轻风飘过、松树回应时的诱惑，晚上的星光，风吹草地时的闪闪的微光，黎明即将到来时，沉默的耳语。

他的房间总是收拾得整整齐齐，囊括万物，物有所归。就像没有人住在这里一样。屋子里有一种淡淡的、令人不安的气味，或许有点儿酸，或许根本不是气味，一种难以捉摸的存在，一个挑剔的意识到老之将至的单身汉留下的痕迹。有时候，它会让人感到一瞬间的烦恼，因为这个男人不能习惯这种新元素，或者让自己适应它。

他给基布兹付出基布兹应得的劳动，工作结束以后，他把自己关在自己房间里。

温和而细致的原则决定着他一天的生活节奏。他起得很早，他做六七轮起源于印度的锻炼，这是赛泽克教授三十年前在 M 镇教给他的朋友和熟人的。但教授本人却从来没有锻炼过，因为它们远远超出他的体力。

锻炼之后，以利沙穿着干活的衣服出门，干活的衣服让他看起来像个小丑，简直令人难以置信。他就这身打扮走过恩斯特办公室的窗前，走进餐厅。厚厚的一块面包。果酱。橄榄。油腻的咖啡。从那儿到羊圈，从羊圈带着他的羊群到草地上去。

到早上六点时，早春的光线已经撒遍了平原。山中传来忧伤。越过山谷，可以看见笼罩在淡淡的晨雾中的农舍。农舍四周，大块的材料在废料场上慢慢锈蚀，一盘一盘的铁丝网，野生植物在上面攀缘缠绕，试图缓和它们的丑陋。沿着栅栏，等距离地设立着安装着探照灯的木塔。每一个塔从铁丝网上升起来，就像它是独此一塔，除了它自己的探照灯，再也没有、也不可能有别的探照灯。

在波纹铁棚子的周围，农机默默地停放着，包着油麻布，就像俄国熊被运到了这些阳光灿烂的地区，现在却惊恐万状、一动不动地躺着。

　　食堂里的午餐时分，土豆肉丸，大部分点缀着炸洋葱。女孩。公告。信件和油印的新闻报道。甜食是水果蜜饯。穿着蓝色工作服的英俊小伙子。脸像是用粗糙的木头雕刻出来的老人。嘴唇薄薄的老女人在许久之前突然向自然本身发动了战争。到现在，战争还没有取得胜利，但老女人们还在这里，还是毫不妥协，还是高度警惕。

　　和大家有点儿距离的地方，几个秃头或白头发的有思想的男人围坐在一张桌子前。他们总是在争吵着什么：报纸上的一篇文章，一件事，偏差，一个合作社或农会创立人突然而无谓的死亡，现在是怎么回事，为什么，结果会是什么，能够吸取什么教训，一般局势下暗含的意义。

　　厨房里飘出烘焙着的馅饼的浓郁的香味。酸菜的味道。争论的人对此没有意见。

　　午饭之后，以利沙·波马兰兹会沿着有树荫的路散步。他慢慢地走着，带着手杖，迈着有力的步子，看见他的人说，是一种欧洲大陆式的走法。就像他是在进行令人费解的复杂运算。

和等待。

散步之后，他会在他的花园里花上一些时间：拔草、剪枝、锄草、浇一点儿水。这是个微型花园，通过细致的规划建成的：一些石头裂缝中种了四五种仙人掌，安排成两个对称的半圆形，中间两丛一模一样的灌木丛，剪得像哨兵一样整齐，将两个半圆隔开。

干完花园活以后，他要午睡一小段时间。即使是在他的睡梦中，有时候也会进行某种计算，一种等式的过程。一种不稳定的平衡。

睡眠的尽头，世界是黑色的。房间的墙壁是黑色的。窗户的长方形还是灰色的。

咖啡。饼干。一支烟。洗杯子。擦干杯子，把它放在应该放的地方。擦桌子。些许犹豫，还能用抹布擦些什么。决定：掸掸窗台上的灰。抖抖抹布。给花瓶换水——想了想，把花也换了。

晚报。以色列再次发出警告；她的敌人再次威胁。评论。反评论。奇闻轶事。内页：演讲。自然灾害。开发项目。一场过去的公开争议。现在，是时候听广播了，新闻，和每日简讯。还可能有一小段音乐插曲。夜晚的气息湮没着一切，在这里，夜晚的气息是温柔而凄美的。几种强有力的渴望穿透着灵魂，直达灵魂深处，直到欲望现在死去今晚死去就像在重击之下突然打碎，那令人眼花缭乱的探照灯变得无法忍受。考虑可能的办法。稍纵即逝的记忆浮现出来，然后马上又被驱散了。最后的可能，如果不是此时此刻死去，就要将自己投身进数学猜测中去。

还有夜晚本身。黄色的电灯光。房间里所有静态物体外表上的变化。曾经有一条狗，这条狗固然是一条可怜的狗，一条有问题的狗，一条不可能的狗，但现在已经没有了，书架的影子变化或移动，而书架本身并没有变化或移动，此时此刻，还有什么东西能够帮助你，维持你。

窗外，夜晚在无形地吹拂着。加利利的山，灰色的巨石，山坡上孤零零的一棵橄榄树。黑色的风向西吹着。黑色的山谷中没有和平，有什么东西在夜晚上升，有什么东西在增长，在聚集，有什么事情在静静地发生着。它是什么，它打算捣毁、粉碎什么？它后面是谁？

独自站在加利利山中的基布兹里他房间的窗前的男人意

识到、知道在活着的黑暗中面对他的无人居住的层峦叠嶂都假装是山但其实不是山而是抽象的向往很久以来一直以石头和柏树作为伪装。至少暂时如此。

八点过几分钟，他的学生开始到来。他们犹犹豫豫地进他的房间，近乎胆怯，轻轻地敲他的门，进来，往前走两步，然后有点儿迷糊地停住，好像他们宁可让他有改变主意、把他们扔出去的选择。他们将信将疑地坐在椅子边缘上。他们那令自己缩小的胆怯很是令人吃惊，因为男孩子们都是长着大手的大块头小伙子，指甲下面是凝固的黑色油垢，宽阔的粗犷的前额和强有力的肩膀，女孩子也身材丰满，体格结实。但是，当他们鱼贯进入波马兰兹的房间的时候，有什么东西令他们走得很文雅，好像他们是在走钢丝一样。而且他们总是在安排好的时间准时到达。他们坐下来，学习解简单的方程和证明几何里的定理。不安的、困惑的、被圈在笼子里的野生动物。只有一个人来了不是为了学习，而是为了将自己的想法倾倒给波马兰兹，这是恩斯特的儿子约塔姆。他很乐意在门口站着聊上很长时间，或者是当广播在播放着古典音乐、一个后进孩子在上课的时候，他则在房间角落里唯一的一张摇椅上打瞌睡。波马兰兹让孩子在桌子前坐下，给他一杯柠檬汁（忽略他嘟嘟囔囔的拒绝），然后他在方格纸上为他划出几道简单的曲线，解了几个带一个未知数的方程，用一只叉子和两只切蛋糕的刀子摆出一个三角形，画切线，比较他的例子中的不同大小。约塔姆如果在房间里的话，也不参加这些活动，好像根本就没听见一样。

偶尔，有个学生会突然开窍。他睁大眼睛看着纸和公式，一遍又一遍地嘟囔着：我明白了，嗯，我明白了。

私人课程结束后，十点钟过一点，他再次抓起手杖，出去走他的夜间散步。老兵宿舍窗户上正方形的光亮。广播的声音。笑声。一个女人用意第绪语嘟囔着什么。

他在路灯下沿着小路徘徊了一会儿，然后走到这条路的尽头，可能有一会儿回忆起了雅罗斯瓦夫大道。他在黑暗中抽了最后一支烟。他的脸上烟雾缭绕。夜晚将夜晚的声音朝他投掷过来。希腊群岛的波兰国王缓缓地沉入他夜晚的沉默。然后，他回到了自己的房间。他拿着收音机鼓捣了一下，找到了一个遥远的欧洲电台，电台里正在播放深夜音乐。他坐在桌前，让自己在他的方程式里沉浸二十到二十五分钟时间。

突然，够了。

他把纸张收起来。把它们放进一张抽屉里锁起来。把钥匙藏在窗帘边上。漫不经心地关上收音机。让身体准备睡觉。如果这个阶段出现什么障碍，如果他的牙膏底下裂开了口，或者他的睡裤的裤带打上了死结，他会用波兰语对自己唠叨两句。然后，他关上床头的灯。

沉睡：

嚎叫的狼。吸血鬼。斧子砍击。一片接一片的森林。雪。希腊音乐。美国纸币。奥黛丽。

这就是：简单的元素，暴力的组合。

黎明之前，太阳的灼烧又一次给东面的山施放咒语，就像什么地方有个悲伤的狂欢就在此时此刻正要结束，渐渐消失在远方粗旷的东边的天际。

有时候，耶胡大·亚托姆的儿子小肖里克的两条大阿尔萨斯狗也和放羊人和他的羊群一起来。肖里克负责管羊。

羊群半梦半醒地分散在山坡上，懒洋洋地啃着草。有时候，它们停下来，一动不动地站很长时间，朝着加利利山看去，天际的山顶有一道亮光。

然后，一头羊突然抬起惊慌的头，从内心深处发出一声长长的、凄厉的咩咩声，就像是回应一个突然而至的告别之声。

　　与此同时，两条阿尔萨斯狗也因模糊的恐惧竖起毛发，它们的喉咙发出可怕的咆哮，声音变得嘶哑，它们像在水下窒息一样哀号着，然后安静下来了。

　　然后，它们双双再次趴下来休息。

38

哲学家马丁·海德格尔试图从对终结的恐惧和死亡连续的存在中找到理解时间、存在和思想之间联系的谜的新方法。

在他的名著《形而上学导论》(1953年)中，他多次苦心孤诣地解释，德语"ist"一词含有不同的甚至互相矛盾的意义。为了表示这一观点，他引用了有趣的一串句子，在这些句子中，一个词看起来"其用法如此普遍，我们很少注意到它。我们说：'上帝是''地球是''讲座是在大讲堂里''这个人是施瓦本人''杯子是银质的''农民在地里''书是我的财产'"。

不久以后：

"'敌人在撤退''俄国有饥荒''狗在花园里'"如此等等。

最后，海德格尔引用了歌德诗中著名的两行诗：

Über allen Gipfeln

ist Ruh,

可以翻译成：

　　　山顶之上

　　　安息。

　　从所有这些例子中，海德格尔显然是十分不情愿地为他得出的结论寻找佐证：语言从其本质上说永远是误导的。在那些事关我们存在的基础的事物上更是如此。因此，在我们起锚远航，驶往未知的国度，驶往时间和存在的秘密领域之前，我们的责任是纯化和改善我们的语言，创立一种恰当的语言。

　　事实上，从弗莱堡大学清除了犹太人、海德格尔得到纳粹当局同意被任命为校长时（1933 年），这位哲学家仍然在继续寻找一个漏洞，希望它能够穿透那在扭曲的语法结构中成为化石、带有欺骗性的语言和思维传统。他孜孜不倦地努力穿透神秘的领域，探寻存在的秘密深处。他想用理性的手指触摸神秘，并且禁欲般地拒绝使用没有经受过理性试验的词汇或言语形式。但是，令他尴尬不堪和大惑不解的是，四十年代中期，德国突然改换了政府，外国刺刀将外国思想带进了德国，有一段时间，哲学家一直纠缠在误解和不快之中。

　　于是，一个人用他能够掌控的所有精神力量来袭击词语，他奋力在词语中捕获存在的恐惧，于是，他向那些宁静的丘陵抬起眼睛，突然，大地在他的脚下发生了变化：敌人在撤退，俄国有饥荒，狗在花园里，他本人突然陷入猪油。

39

基布兹书记恩斯特自忖：可能确实有一个数学天才住在我们中间。但是，事实上，他不是居住在我们中间。他不参加全体大会，他不参加任何委员会，他对社会改革或运动和国家的前途等重大问题没有兴趣，即使是作为我们日常生活的基础的小问题，他也漠不关心。另一方面，他确实修手表。他帮助后进学生。他把羊带到草地上去。这些都不错，但没有什么好处。

每一个细节都必须仔细考察。在强光下进行考察，观察每一个小瑕疵，观察麻烦究竟是从哪里开始的。

关于手表：没有抱怨。手工很好，还是一个值得赞扬的社会姿态：尽管你们都知道，而且你们所有人一刻都不会忘记我是谁、我是什么人，但我还是不骄傲，成功没有冲昏我的头脑，你把手表带来，每个星期两三个小时，我是你谦卑的仆人。

私人辅导课的问题稍微有点儿模糊。有几个案例，他奇迹般地让男孩女孩走上正轨，向他们灌输对法律和责任和普遍的学问的根深蒂固的尊重。不错。但是，他身上有什么东西打扰他们身上的冷静和平和。他在这些青少年中，尤其是少女中，引起各种不良的反应和无法确定的情绪失调：他们在别人面前总是要藏起什么东西。所以，这里除了数学、物理、地理之外，还潜伏着什么东西。总之，在一个井井有序的社会里，单身汉总有什么地方不对劲。

他对我们一无所求。至少目前是如此。但是，反过来说，他又给了我们什么？他的贡献是什么？从什么意义上，他是我们的一分子？社区从他那里得到了什么？事实上，是什么东西把他留在这里？

确实，数学无限论是一个令人尊敬的课题。但是，在这个时代，在这个地方，它能给我们带来什么，它能给我们提供什么？

需要进一步思考。

或许一点儿咨询。

现在是新闻广播时间。

40

　　恩斯特有个独子，一个无能、内向的男孩子，名字叫约塔姆。

　　从童年开始，这个男孩子就有神经虚弱和近视的毛病。护士和教师屡次三番从别的孩子的袭击下把他救下来，他们用各种各样的办法折磨他，羞辱他，包括语言，也包括调皮捣蛋的恶作剧。男孩子不理他了，他又总是成为那些伶牙俐齿的姑娘们的受害者，她们用轻蔑的嘲笑包围着他。直到他投降，流下眼泪。然后，那些惹他哭的同一拨女孩子，又喜欢用爱和真诚的同情来擦去他的眼泪。约塔姆很容易就被哄好，这也标志着，新的一轮欺负又开始了。

　　约塔姆透过厚厚的眼镜瞪着世界。每天至少六次，虚弱的他会失手，打碎玻璃杯、盘子、唱片、花瓶、他的眼镜，因为他的抓力很弱。

　　就像他拒绝相信物体的实质性。

从十岁起，约塔姆就无时无刻不在梦想着，凭他遭受的这些苦难，他就会得到巨大的统治力量。这个力量会迫使所有人都在他面前跪下，乞求仁慈、赦免和恻隐之心。然后，他就有机会向那些男孩子，尤其是女孩子显示，他并没有怀恨在心。相反，他会给所有人爱。男孩女孩都一样。他会给所有人一种可怕的、美妙的善意，直到他们的心中对他们对他所做的一切事情充满愧疚。多么快乐，多么开心：白天黑夜，随心所欲地原谅和赦免他们。

就这样，整个童年，独自在偏僻的基布兹里，约塔姆在白色的房子和整洁的花园、羊圈、牛棚、鸡窝、商店、浓荫下被人遗忘的角落、仓库的草堆、一个没有地下室和阁楼的村庄里转悠着。一个穿着短裤的中国皇帝，一条裤腿挽得比另一条高。亚历山大大帝，戴着猫头鹰一般的小小的眼镜。他是一个对臣民很仁慈的皇帝，在他的白日梦中，他给他们散发所有的金子、弹珠、珍珠、焦糖，甚至成千上万的钥匙串。作为回报，他会呼吸着他们的友爱和激动，时候一到，他们的友爱和激动都会向他涌流而来。

与此同时，如果他的臣民揍了他，或者女孩子们取笑他，或者是从他的铅笔盒里抢他的彩色蜡笔，约塔姆并不生他们的气，因为他们并不知道他是谁，也不知道他们在干什么。而且，下次恩斯特出门时，还会给他买一只新铅笔盒，里面的颜色要多一倍。约塔姆还有一只秘密蜥蜴。木匠铺子后面两片裂开的水泥板之间，住着一只蜥蜴，他们都不知道这只蜥蜴，所以他们也没有对它玩儿什么恶作剧。他们也都没有蜥蜴。他们也不会有蜥蜴，不管他们对他玩什么恶作剧。

约塔姆有些奇怪的癖好。比如说，他在铺好的路上会一跳一蹦地走，看见的人都觉得很好笑。实际上，他是在避开铺路的石头之间的缝隙。或者是用手指长时间地紧紧地按住眼帘，因为当他按住眼球时，他能看见令人眩晕的光环。只是他是在教室里这么干的，正是上课的时候，并且因此而被人嘲笑。

他总是在抽鼻涕，失恋，可怜兮兮的。

但是，他还是十分渴望做好事。

两三年前，约塔姆受到了征兵令。

他被派到一只柜台后面值班，学会了优质服务，饼干、软饮料、不同品牌的香烟、玻璃纸包装的花生米。

每天晚上，他会带着温和、天真的微笑，为那些汗流浃背的士兵和强壮、健康的女兵服务，那些女兵的卡其衬衣紧绷绷地包着她们的屁股，都快爆裂了。他被迫吸入那些霸道、胖屁股的军官们的烟雾，他们的口臭，带着沉闷的幽默讲出的粗鲁笑话，他们那粗犷、接地气的男子气概。

　　约塔姆透过厚厚的双光眼镜面无表情地看着他们。

　　他漫不经心地听着他们的废话和污言秽语，他亲眼看见他们是如何被一千种卑贱的欲望所支配，所羞辱，却对此毫不知情。一种破损、模糊的沉闷用一层腐烂覆盖着一切。

　　一个晴朗的早餐，约塔姆起来，刷牙，洗脸，然后又洗了一遍，戴上眼镜，决定他们，他们每一个人，都需要拯救。他没有排除他自己。

　　于是，他觉得，他必须脱下军装，到耶路撒冷去，让风暴席卷全球，唤醒所有人，永远停止战争、欲望和坏品位，带来永久和平。

　　为了达到这个目的，他开始从卖软饮料和饼干的收入中存下一小部分。每天晚上，他把这些钱分发给司机、店主、打字员、厨房助手，他们都向他发誓，不管发生什么事情，他们都会追随他到耶路撒冷。

于是，一个晴好的早晨，恩斯特的儿子约塔姆从军营周边围栏的一个小口子逃出军营，开始向耶路撒冷行军。一个名叫摩西·埃利亚沙的急脾气的步枪兵和两个名叫维尔奈和阿多诺的下士参加了他的远征行动。还有一个名叫泰亚·班贝格的矮矮胖胖的匈牙利女兵、一个厨房帮手、一个军械库的男孩，还有两个老劳工，他们不在军队里面，但是靠给军营周边除草为生。

他们行军时，路过村镇和定居点，不管走到哪里，他们都唱着歌，让人高兴，尤其是孩子们。他们把饼干全都免费发给孩子们，一直到全部发光。饼干发完后，他们又发给他们从路边一片荒地里拾来的无花果。

在利达和拉姆拉半路，军警把他们截住了。唯一作出了一点儿反抗的是摩西·埃利亚沙，他一直拼死反抗，直到他们用一般用来捆绑卡车上的货物的绳子把他捆住。其他的旅行者安安静静地屈服了，没有任何反抗。

军事法庭判决恩斯特的儿子约塔姆坐牢九十天。他有几次自杀行为，希望以此引起对人们无法领悟的问题的注意，譬如孤独、战争、欲望和坏品位等等。但是，他每一次都被坚定地救过来，医生们告诉他，他这么折腾是没用的，他必须停止弄虚作假，他没有疯，他要么是在假装，要么就是个傻子。

　　基布兹书记恩斯特没有袖手旁观。接连几天，他马不停蹄地从一个地方跑到另一个地方，寻求党内和工会内的他在伟大的三十年代一同战斗过的朋友的帮助。他的两个中年情妇维拉和萨拉没有掩盖她们的狂怒：她们一直认为以利沙是罪魁祸首。尽管她们没法解释或证实她们的怀疑，她们不再给他烤饼干了。不过，过了一阵子以后，恩斯特设法将约塔姆的案子带到了更高一级的官员面前，由于精神科医生现在准备重新检查，恩斯特的儿子约塔姆被从牢里放出来，也被军队放了，回家了。

　　基布兹委员会马上就把他送到国外去参加一个青年教导员课程，很有信心地希望在上课之余，他会遇到一个敏感的女孩，化解他的烦恼。这样的事情以前也发生过，这样的办法总是能够找得到的。

　　约塔姆确实好多了，尽管他没有改变需要立即得到拯救的想法。与此同时，他学到了担任一个青年教导员这个行当的所有窍门，如何在海外赢得追随者，如何煽动热情，如何将它引导到组织结构中。他甚至还学了西班牙语。约塔姆的自信心增强了。他的粉刺消失了。他突然觉得那个匈牙利女兵特别矮小、粗壮、厚重。

最终，约塔姆被派到阿根廷去当教导员。他和其他几个来自以色列的使者住在一个集体里，参加了很多一直持续到凌晨时分的激烈讨论。几个月后，他的眼界被打开了，他看见了郊外那些富裕的别墅令人眩目的辉煌，他看见了迷人的女人，他看见了生命。于是他去找他的姨妈，姨妈在阿根廷定居，现在和她的女儿和另外两个上了年纪的俄国移民合伙向全世界出口牛肉罐头。

不过，就在约塔姆开始向全面康复迈进、在生命中找到自己适宜的位置时，恩斯特因为一种痛苦的、无法医治的血液病而病倒了。

他的灰色眼镜变得更灰了。

他的头脑不再纠缠在波马兰兹与基布兹社区的关系这个问题上了。与此相反，有时候，在晚上的时候，无限的数学概念和由此产生的悖论，引起了他的好奇心。

他的眉毛，永久性地因为惊奇而往上翘起来——为什么它对面那一条眉毛会垂得那么低——现在也降到和它的伙伴同一个水平线上了。他的表情表达了一种类似于歌德的诗可能提及过的其他那些山顶的东西。

41

　　偶尔，十点钟新闻以后，他也去拜访波马兰兹。他和他坐在一起，听着，甚至提出一两个问题。

　　尽管生病了，恩斯特还是很平静，很沉着；他没有表现出惊慌。他和主人坐在一起，专心致志地研讨词语和表达方式，比较它们，衡量它们，把它们举到光亮之处，让它们浸泡二十四小时，看看能看见什么，查查它能走多远。

　　拥抱着恩斯特和他的主人的夜晚，初夏的夜晚，在加利利这里散发着一种令人窒息、猴子般的气息，这样的夜晚，并没有让恩斯特偏离他终身追寻的平稳道路。即使他现在开始学到一点基础的这门学科，也没有让他心有旁骛。他会在半夜之前回到自己房间，一个女人——有时是两个女人——会给他泡一杯茶，把他的药给他，帮他把床铺好，与此同时，恩斯特会在打字机上记下他的所见所闻，某种记录或日记。他自始至终保持他平稳的风格，每个词差不多都要经历一次身体检查才能在纸上占据一席之地。如果有一两点，尤其是最后几篇，他好像有点失去平静了，我们必须牢记，他那时候已经病入膏肓了，时时会有强烈的痛苦和苦涩的屈辱。或许还有恐惧。

第一个观察：如果你认真地思考地心引力、惯性或自然法则这些概念，就会马上出现一个简单的结论：科学使用隐喻和明喻。如果一个科学家的注意力专注于"地心引力"或"异性相吸"这样的词组的字面意义，他就会完全大吃一惊。我们面临着一种选择：非此即彼。

第二个观察：质量。能量。电力。磁场。另一方面：时间。空间。运动。还有：意志。苦难。如果所有这一切有一个"交点"或"交叉"——那就是音乐。没有得到任何结论，我们还是可以通报：从这里，出现了一个非常诱人的假设。

第三个观察：让我们暂且假设音乐是一种主要的、更真实形式的能量，它先于一切事物而存在，而且还会比一切事物存在得更久。根据这种思路，音乐是一种元能量。不过：它和数学是可以互换的。从这里，有可能得到"像雷达波束一样的想法"。将意志和苦难用一张数字表网罗在一起是可能的，这里的假设前提是，能够用音符记录的东西同样也可能用数字记录。此外，时间、空间和思维各个层面之间的对应关系系统——以及它们和能量、运动和韵律之间的关系——所有这一切已经被音乐记录下来了。如果你拥有关键的公式，你就可以把一切都转换成数学。转换成正式的量化关系。

第四个观察：那么，我们面前有一个音阶。时间和意志，电力和形象，空间，磁场，苦难，地心引力，从此以后，它们都可以得到概括性的理解，都是一个系统的一部分，键，不同的音调，节奏。时间和物质的变形。主观和客观的谐振合流。让我们将这整个系统成为"数乐"。

第五个观察："操纵"大星系和小粒子以及生命元素的数学公式，是一种可以在音乐中掌握和表达的公式。数学无限的悖论不是被"解决"了，实际上是消失了，它不再与基本的逻辑形式发生冲突。比如，一个实际表现就是用音乐的力量征服地心引力。物质的分解。引用他自己的话说，甚至是通过舞蹈根除粗俗。因此，音乐是有节奏的数学，任何有窍门的人（原则上）都能够将物质转化为能量，将能量转换成苦难，将苦难转化成时间，让时间转换成意志，将意志转换成空间，以随机顺序将所有东西转换成所有东西，转换成所有一切在思维将它们转换成不同元素之前的样子，而这些元素可能彼此完全不同。音乐消除这种区别，所有一切又重新成为可能，前提是你必须掌握普遍的音乐或者——此处我们再次使用一些词语，它们不是我的词语——前提是你能够听见星星在它们的轨道上的歌，而且能够把它复制出来。

在魔法等等的主题上，以利沙一个字也不打算浪费，我很高兴。死亡是最苦涩的变调。一点不多。一点不少。简单的变换一个键。第六，也是最后一个观察：我，恩斯特·科恩，精神健全，兹承认我前面五个观察中的不确定性。我承认这个可能性：它们是在疾病、痛苦和恐惧的压力下写出来的。它们可能不是由我的自由意志写的，而是我目前的状况促使我写的，这种状况使我随手抓救命稻草。一切都是一时存在的幻觉，因为整个世界，包括科学世界，都亟须得到拯救，因而，当前会接受任何聪明的先知，接受任何新公式，就因为它是新的，直到某个更新的公式出现。

没有任何事物存在，它从来就不曾存在过。他和他的方程式和发现和符号，我们饭后的讨论，我的儿子或我自己，他的手或者是他的手在写的那些字。什么都不存在。一只跳舞的熊。一只狂笑的狐狸。都不存在。

我，恩斯特·科恩，此时此刻，今晚，正要结束我这最后一个观察，兹证明：此时此地，通过我自己的耳朵，我能听见星星在歌唱。对这个问题不可能有答案，这本身是不是就能够证明星星在歌唱。

或许我可以补充一下，如果我试图抓住那个旋律，重复它，再现它——毫无疑问，我会唱走调。

此外，天晚了。夜色很凉。

42

每当以利沙·波马兰兹想起他的妻子时，他想不起她的声音，但他几乎可以看见她的头发，她脖子的曲线，她肩膀的曲线，她温柔的、梦一样的手指。从很远的距离之外，他可以看见傍晚的光线慢慢地在圣斯蒂文教堂的钟楼周围慢慢消逝，街灯沿着雅罗斯瓦夫大道一盏接一盏地亮起来，犹犹豫豫地，裹在黄色的光晕里，就像不愿意破坏夜晚的颜色。还有 M 镇周围无边无际的森林，其中有人可以终身寻找却无从找到的东西：灌木丛、石头、小棚子、松鼠、野花、令人难以置信的野花。还有狐狸和刺猬，夜风的吟唱，空旷的小路的呼吸。

他看见斯特法，苗条高贵，站在夜间的桥的栏杆旁边显出侧影，在抽烟，面对着水黑暗和看不见的森林，她的背朝着他。他自己站在离她几步远的地方，没有和她打招呼，没有提醒她他在这里，没有提醒她时光流逝，谦卑地站着，若有所思地，几乎绝望地，他也在静静地抽烟。就在他们脚下，河流和桥，毫不让步，不做任何补偿，不停地流入两个互相冲突的方向，而那两条互相交叉的溪流，就是爱。

斯特法在恩斯特去世那天早上回到了加利利的山中。同一天早上，差不多同一个时间，约塔姆也出现了，匆匆从阿根廷赶回来和他的父亲告别。约塔姆想，行将辞世的父母，对你有一种他们从来不曾有过的力量。当你的父亲去世时，你会抱起他来，把他像一个不曾出生的孩子或者是一个恶性生长物一样终身待在你体内，他会陪着你经历你所有的反叛，他再也不会对你生气或者惩罚你，只会安安静静地在你体内微笑。你的一生。

自然，奥黛丽也按时来了：随行的还有杰夫和桑迪和吉他，是作为志愿者来的，在田里干活，晚间在森林中做梦，深夜时做爱。奥黛丽被红海的太阳晒成了古铜色，闪耀着革命的光芒，用新的更适宜的名字称呼世界上所有的东西。

恩斯特去世那一天很热，很晴朗。初夏那残酷无情的阳光，愤怒的黄色的收割过的地，收割差不多完成了，三只黑色的乌鸦似乎是钉在了缝纫房的屋顶。广播带来了敌人在四条边界上均聚集的沉重消息。

人们热切地交换着意见和猜测。解读着迹象。抓住旁证的线索。表达绝望的希望。

恩斯特头一天下午被医院送回家了，因为得到命令让所有非军人病人出院，因为他的病是不治之症，因为恩斯特本人坚持要回家。

由于令人窒息的闷热，他的床被搬到了阳台上，书记在那里睁眼躺着。他做了一点简单的运算，发现他活了大约两万天。他意识到，这其中一半时间，荒谬的是，他在试图浪费时间，加速时间的流逝，把前面一万天抛在身后，这样就可以尽快到达某一个点，从那一点开始，激动人心的事件才会发生。他曾经痛恨前面那些日子过得那么慢。而在第二个阶段，在后面这一万天，他逐步开始为那些过去曾经发生的事情滚滚而去的悔恨：地方，声音，脸，气味，破门，他从来没有走过的路，他从来不会再去行走的路，乡愁，渴望，其痛苦只能用别的热望才能赶走的热望，他变成了一个瘾君子，一个奴隶，第二半人生的日子以一种怀恨在心、几乎是喜剧性的速度飞速闪过。就像默片中的小人物。然后，这一缕意志在最后一刻出现了，浩大的沉默的和平，星星，大海，风，沙，黑暗，音乐。所有这些海市蜃楼中，到底有没有实质性的内容。那些严肃的沉思的力量，你曾经培养和训练多年，现在，当你前所未有地需要这些力量的时候，它们抛弃了你。或者，它们只不过是隐藏的叛徒，嘲笑你，在你背后做鬼脸，变相恶魔，恶魔和妖怪。

恩斯特的表情突然重新得到了遗失已久的惊奇和失望的表情，左边的眉毛在谨慎的嘲讽和含蓄的斥责："你怎么能做出这样的事情。"

关于恩斯特的死有不同的互相冲突的记录。不久之后，战争就爆发了，一切都改变了，小事情都被撇到一边了。根据一种记录，恩斯特决定为自己免去几天的痛苦，多吃了医生开给他为他减轻痛苦的吗啡，这吗啡要不然是自己吃的，要不然是他两个情妇按照他的指示提供给他的。然后不到一个小时就死了。另外的则认为恰恰相反，他拒绝吃药，尽管只有吃药，他才能再活一两个星期，他吓唬那两个女人，将药扔在她们脸上，把药品扔在地上，不回答她们的问题，连头都懒得点一下。

不管事实真相如何，恩斯特在阳台上躺在床上，后面是黎巴嫩山脉，左面是叙利亚高地，另一面是传说中的大马士革：它的河流亚罢拿河和法珥法河，在挖了战壕、修了防御工事的山岗的另一面，是没药和乳香。恩斯特那两个上了年纪的情妇，小小的维拉，萎缩干瘪但是有能量到近乎暴力，高大、驼背的萨拉，头发渐渐稀薄，有制造奇怪的瓷器动物的手艺，她们差不多白天黑夜地一直陪着他坐着。

时不时地，她们中有一个会拿一条湿手绢，抚平恩斯特的灰白头发，擦擦他的太阳穴，他的嘴，他嘴里还能说出单个的经过仔细选择的词汇，这些词汇像钉子一样穿透了约塔姆，约塔姆坐着附近的小凳子上，一言不发，默默地痛恨着自己对行将就木的父亲的爱。

有时候，维拉和萨拉会紧张地一起站起来，气鼓鼓地沿着水泥路一起走着，一直走到房子一角，然后又回到阳台，回到病人的床边。如果萨拉给约塔姆倒了一杯茶，维拉会赶紧摸摸他的短头发。如果维拉给他脑后加了一只枕头，萨拉会用她擦过他父亲的额头的同一条手绢，擦掉他额头上的汗水。每当她们的眼神不小心碰上，相遇的时间都是尽可能地短暂。

一个组织完善、经营良好的基布兹的老先锋队员去世，总是会让人有一种什么事情不太对劲的感觉：就像有什么规则被打破了，某一个委员会的权威被蔑视了，有人犯了一桩引起不和的错误，论资排辈的原则受到了挑战，甚至是一项开明的理想遭到了侵害。什么事情不对劲，这件事不能悄没声地让它过去，或者说，正好相反，这件事完全不应该提起，不然就会打破平衡，或者是创造一个危险的先例。

就这样，一个明智、理智的人，一个宽肩的男人，一个拥有即使在危机时也不曾离他而去的完美的比例感和清醒的头脑的人，这样一个人，大白天在他阳台上的床上的床单下，在汗水和痛苦中扭动，说出一堆名字、日子和地方，不知道为什么，对一些他一无所知的主题——譬如说加勒比海或者另一个国家的仙鹤在秋天的飞翔——作出复杂的评论，伸出饱受煎熬的手抓住他瘦瘦的儿子约塔姆，努力回忆一本旧书的名字，一个捷克护士的名字，但还是想不起来；他沉重的身体愤怒地膨胀，他发出一声模糊的抗议，嗓子里咯咯作响，推开一样别人看不见的东西，用他的母语对约塔姆说了模糊不清的一句话，发出一声浅浅的叹息或嗝噎，拳头盲目地打着他的额头，然后就走了。

43

恩斯特是下午四点十分死的。之前不久，快到中午时，
斯特法来到了基布兹。她穿着一件带绿条条的抽象图案的夏
装。给她开车的是那个长着蝙蝠耳朵的男人。他跳出来，用
一个侍者的敏捷和戏剧般夸张的手势为她打开车门；然后他
轻轻地挽起她的手臂，告诉他英俊的下属们往前走，告诉他
们该怎么走或避开哪些障碍，这样，就像有廉价而大胆的进
行曲伴奏，这一小队人马朝着以利沙·波马兰兹的房间逶迤
走来。

离房子的门二十五步的时候，所有的人都停下来了。他
们十分明智，他们紧张的姿态表现出他们深刻的理解和尊敬，
他们让斯特法独自一人不受打搅地走完最后一段路。她看着
多么苍白啊。连她的嘴唇都是白色的。她走了进去，门在她
后面关上了。

那些浅色头发的青年们会在这里再逗留一会儿；他们得
到了命令要考察当地环境，或者是在接到下一步的行动命令

之前，点数大小山岗，搜集一个山谷的单子。至于他们的主人，他起锚远航了，一个乘着又大又宽的汽车的有着巨大耳朵的小个子男人。他哼哼着什么犹太民谣，捶了两下方向盘，思考了一会儿雅克布·埃姆登拉比严重的策略错误、乔纳森·艾贝许茨拉比的失败，一直到他死的那天，利用了他的对手的错误。就这么一回，这个小个子男人没有多说什么，连自言自语都没有。他只说了这么一句：自然高于山、谷和河流。Gematcht。Geendikt。

44

　　强大的压抑已久的力量每时每刻都在聚集增强。战争正在酝酿中。空气中充斥着紧张的热力。喘息。一种奇怪的宁静。太阳炙烤着的波纹铁屋顶散发出白热化的仇恨。迟到的春天灼烧着山川和平原。一只鸟也看不见。未经收割的玉米干嗖嗖地响着，似乎感觉到了烟雾。斯特法，这里没有黑森林可以逃进去。只有白光。没有废弃的木棚可以躲藏，没有建立一个歌德学会的最后机会。一切都被包围着。一切都在开阔地带，令人眼花缭乱。另一场战争，但是没有水，没有黑暗。耶稣快跑。一切就像那个了鲁塞尼亚大夫预言的一样，他那个一条胳膊的弹风琴的朋友。他们预见到了一切。

　　收获暂停了。连给棉花地除草的活儿也停了，因为所有的年轻预备役军人都被召回他们的队伍了。年长妇女把空袭防空洞打扫干净，还摘了很多花，为第二天恩斯特的葬礼扎花圈。老年基布兹成员，有一些像是在克拉斯诺亚尔斯克奸污过斯特法的老革命者那样脑袋萎缩，另一些下巴厚重，性情刚毅，他们那粗糙的五官表达出一种差不多像是先知一样的愤怒，这些老年人也被招来负责一些紧急事务。他们把满载货物的手推车从一个地方推到另一个地方，给罐头食品分类，分发蜡烛和石蜡灯，将饼干装袋子，把水灌进水壶里。

即使是恩斯特的情妇们，尽管刚刚失去亲人，也还是去干活了，用带粘胶的纸条给窗户贴交叉的条子。年轻的约塔姆，糊里糊涂，脑子发懵，志愿帮着挖战壕。他处于一种优柔寡断的混乱之中，因为他无法接受战争、挖掘、他父亲去世和肉罐头；他的整个生活，在他眼里，突然变得无望地混乱和矛盾。此外，用铁锹干活他也受不了。他手上起了很疼的水泡，水泡破了时，带有盐分的汗水把它们泡成了疮口、灰尘、肮脏、疼得钻心，约塔姆紧咬嘴唇，强忍着眼泪。不过，他也很高兴、自豪，因为他能够让他父亲看看他是怎样承受着艰难困苦，看看他能够挖多远。他的父亲无声地笑着，他露出的牙齿又大又白又结实。儿子又加倍努力，开始歇斯底里地挖掘，把土撒向四面八方，带着盲目的愤怒袭击着坚硬的泥土，快速而无效地挖着，像个即将被淹死的人那样胡乱挥舞着手。不久他就伤着了自己的脚，流了一点血，然后平静下来了。他的伤口被包扎好了，他被送到树荫底下坐着。

他在那里碰上了奥黛丽，奥黛丽在那里准备急救包、卷绷带。他介绍了自己，说了话，得到了回答。奥黛丽给他换了绷带，同意他说的所有的话。几个小时过去了，她已经准备用她的头发为他擦干汗水；他拉着她的肩膀，把她扶着站起来。

耶胡达·亚托姆的儿子肖里克被动员去指挥他的坦克队了，于是需要让波马兰兹一个人负责放羊。晚上六点时，有人敲门。他的客人陪着他到了羊圈，等他们回到餐厅时，天已经黑了。

晚餐是就着石蜡灯吃的，因为电已经被切断了。那些没有参军或者在周边进行特别警卫任务的老年成员，和妇女儿童们一起，一边吃饭，一边讨论下一步有可能发生的进展。有些人认为，危机最严重的时刻已经过去了，从此以后，紧张气氛将逐步和缓下来。有些人拒绝相信外面的人会对这些事件袖手旁观。其他人分析着新闻，解读着各种迹象。还有人认为更糟糕的还在后头。

很多沉默着的人没有在听讨论，而是在想着恩斯特，他孤零零地躺在娱乐厅的大阳台里支在四只椅子上的挂着黑帘子的棺材里。由于停电了，棺材现在完全是在一片黑暗中。东风带来了夜晚的声响和气味，吹动着罩帘，甚至把它掀开了，查看木料和木板之间的缝隙。谁都知道，这些力量是不友好的；它们都不在我方。

有几个人公开说出了恩斯特的名字，想知道鉴于目前的新形势，恩斯特今天晚上会说什么。难以相信，恩斯特已经去世了。有些人都无法碰他们的晚饭。他们只是喝点茶。

吃完饭后，他们又回到了他们之前接手的任务。波马兰兹和他的客人被要求整个晚上都在商店里工作。每一个人，哪怕是老得没法动弹的人和奶孩子的妈妈，都志愿参加特别服务。等无活可干、夜深得连东面山上的剪影都被黑暗吞噬时，他们都开始疯了一样地打扫卫生。没有什么别的准备可以做了，于是他们擦了卫生所的地板，他们用强有力的消毒剂喷洒防空洞里的水池，他们刷洗食堂窗户上的纱窗，他们在厕所里喷洒高浓度的杀虫剂，他们清扫了水泥路面。

从黑色的夜晚里，传来发动机的声音，平常的青蛙的鸣叫和蟋蟀的嘶鸣。和以前的晚上比，蟋蟀的叫声似乎更加突出，更加响亮，更加刺耳。

这天夜间，人们做出了各种努力来缓和战争的威胁。国家元首们交换了紧急信息。不同的消息来源散布谣言，人们不会过于绝望。有威胁，也有执着的请求。伊曼纽尔·赛泽克在几个地方同时出现；他不知疲倦，穿着熊皮大衣，手里提着手杖，背上背着背包，他穿过大地和大海，不管他走到哪里，他都对人们讲话。他的听众里没有年轻人：有些人被招往前线，其他人在酒馆里喝酒或者在床上睡觉。女人、老人和小孩子带着深深的怀疑看着他，半听着他的声音轻轻地安抚着他说的每一个词；有些人扔石头，其他好心一点儿的人给他捐钱和汤。哲学家萨特和他的同仁书写和传递了一封措辞谨慎的写给阿拉伯人和其他善良的人的公开信，恳求他们克制。那个将斯特法带回她的故土的神秘小男人又匆匆忙忙赶去执行自己的新任务，甚至都没有去看一眼他自己位于老巴特亚姆郊外的简陋的单身宿舍。像闪电、像黄昏降临一样神速，他乘着军用飞机到了马耳他。他在那里坐在一家饭店的酒吧，和三位穿便衣的美国代表一直谈到凌晨时分。美国人非常谨慎，相貌英俊，很会说话，态度优雅，有一种准确的幽默感。而那个小男人，用过度的礼貌对待他们，用耐心的吟诵塔木德的声调和他们说话，过了一两个小时以后，渐渐令他们麻木了。他在交谈中夹杂着谚语和尖锐的三段论，再加上韵文和俗话，从一个话题转到另一个话题，开一些自己吃亏的玩笑，用词语画出生动丰富的图画，然后突然宣布——够了，我们不能看见风就是雨，但任何有理性的人都会同意，无风不起浪。

到凌晨两点，他们同意了。这不是因为在争论中他赢了，而是因为他们是三个都突然地、同时地、完全地相信事情就是这样，该做的就是这些事情，想象不出别的替代方案。三点钟时，他又乘飞机回家，同一天早上七点钟，有人看见他在特拉维夫的本-耶胡达大街的一家小奶品吧悠闲地吃着早餐：煎蛋，面包卷，沙拉和酸奶。

大约在同样的时间，在巴登-巴登，修士们在多米尼加修道院的礼拜堂里聚集起来。他们为所有的人祈祷和平，整个上午，他们都在敲着钟。

45

　　与此同时，约塔姆和奥黛丽觉得，言论已经不够了。他们决定，他们有责任当天晚上就出发，步行翻山越过边界。他们要在那里使出吃奶的力气与人见面，交谈，说服，用正确的词汇熄灭盲目的仇恨。他们对自己的试验并没有什么信心，但他们都有同样的感觉，就是觉得世界上没有什么别的可以与之相比，就算他们失败了，即使他们此去必然失败，也比所有历史书上充斥着的伟大胜利还要辉煌。夜晚很冷，约塔姆记着给奥黛丽和自己各带了一件毛衣，这样他们路上不会冻死。奥黛丽看着多美丽啊，一件男人的毛衣系在她脖子上，高挑苗条，如此妖媚，这么娇柔的身体，这么坚强的决心，她又温柔又坚定，闪耀着爱和怒火，她的两颗门牙间有一点儿缝隙，她那完美纯洁的乳房随着她的每一个运动自由地跃动着。她一只凉鞋的带子断了，她用一只发夹和一点儿黄线把它拴住。她浑身燃烧，气喘吁吁，那个孤儿会跟随着她到地角天涯，沿着山坡，穿过河谷中的蓟<u>丛</u>，带着绝望

213

的深情和深深的渴望，喘气，像是被一条绳索牵引着，抗拒着他的血液中泛起的歌声，压抑着心中那种欲望：甩掉鞋子，光着脚跟着她跑，边跑边唱，边跑边被治愈、拯救。

得到命令要一直观察他们的浅色头发的青年们看着他们消失在河谷中。他们向对讲机里轻轻说了简单的一句话，从远处接到了一个出乎意料的回答。他们继续一动不动，嗅着黑暗中凉凉的空气。

总的来讲，熊的玻璃眼睛是往下看的。

恩斯特的嘴唇在黑暗中扭出一个略带恶心的表情，就像一个声音突然说：恩斯特，上前来。

46

　　晚上九点，上百只叙利亚大炮开始向加利利和所有山谷里的基布兹射击。恐怖的弧线闪过空中，爆炸一声连一声，加利利海被照得通红透亮，时不时地，一道受伤的水柱徒劳地狂喷起来，然后散发成泡沫状的水滴，它们也投降了，重新落入湖中。他们在黑暗中靠着他房间的窗台并肩站着，他能告诉她在森林的山坡下，下层林丛和河流交界的地方，德国工程师炸毁了所有的铁路桥，而他则从他在伐木工的小木棚里躲着的地方看着这一切。由于路远模糊和浓重的水汽，每次爆炸的火光和低沉的爆破声之间，有一段延迟，刚开始有一点儿犹豫不定的感觉。这段迟延，尽管十分短暂，却给整个场面增添了一点儿喜剧色彩，以至于波马兰兹在自己躲着的地方都起了疑心。而且，几天之后，接到新的命令之后，德国工程师确实又出现了，开始疯狂地按照以前的模样重建一切，所有的事件和地点都显得非常不真实。由于他已经开始了，她没有干扰他，他继续努力，给她讲了更多一些经历，她也跟他分享了一两件记忆中的事情，后来，当爆炸变得更激烈的时候，上了年纪的救火员们出现在外面的火光之中，希望延缓灾难，他们大概设法取得了某种程度的一致意见，一种显然是暂时的结论。美丽、骄傲的斯特法，从她年轻时代开始，男知识分子们就希望用思想轻抚她，钟表匠的爱做梦的儿子也是这样，她选择了他，更喜欢他，相信他，她曾经从远处渴望着能够用手轻抚他的脸颊，然后看看她的手会怎么样，看看她的轻抚是否会改变他脸上的曲线。她渴望着能够轻抚他与生俱来的孤独的力量，也希望得到这种力量的轻抚，哪怕以她的生命为代价。以在火中飞升为代价。即便是死亡，如果她不能怀上他的儿子。

他们出去了，穿过阴影和反射的火光，走上空无一人的大道，他们的肩膀碰上了，互相轻抚着对方。

（至于战争的故事，整个故事，加上它所有的细节，仍然需要引吭高歌，大声赞美；格申·库明，伟大的老诗人，还没有用爱琴海群岛的新波兰王国的赞美诗的风格，庆祝它所有的奇迹。还少不了战鼓和军号，少不了极乐的幸福。）愤怒的炮火继续盲目地袭击着基布兹，就像那些落后学生对数学和隐藏的音乐发起了反抗，现在在陷入困境的有秩序的岛屿上发泄他们心中压抑的愤怒。捕猎的鹰爪将红瓦的房顶撕成了碎片，砍断了树顶，把厕所炸得粉碎，把公牛撕成了条条。这一切都非常吵闹、沙哑和粗糙，没有任何节奏或风格。喷射的灰尘和野蛮的漩涡。残暴的兽性的欲望，发射发射发射。

整个疯狂的狂欢，从远处可能传来晦暗和恶毒的回声，只不过是笨拙和平庸而已。一次吵吵闹闹的表演，乏味，似曾相识，表演过度，夸张，过分：浸满了猪油。

47

结果，半夜后一个小时左右，以利沙和斯特法·波马兰兹来到了娱乐大厅门口的大草地上。

他们站在草地边缘，看着炸弹飞舞的弧线和四处的火焰。娱乐大厅那暗黑的窗户反射着火光。恩斯特长长的棺材在黑暗中支在那四张椅子上。角落里放着一卷绳子。

与此同时，在山沟里，约塔姆和奥黛丽在烈火焚烧的苍穹下摸索着他们的道路。他们安全地绕过了围墙、雷区和绊脚铁丝网。是他们得到了磁悬浮的力量，还是没有力量，没有磁悬浮，而是他们自己热情的后面追随的风扫清了前方的道路？

在草地边缘，他们在黑暗中肩并肩站着，在他们头顶，炮弹闪烁着，在炮弹上面是夜晚，和夜晚的蟋蟀，再远些的地方是星星，在它们平常所在的每一个晚上的位置。

一个男人和一个女人，两个人都很瘦，两个人都不年轻了，在加利利的夜晚闪烁的黑暗中几乎是虚幻的非实体，她白色的手里拿着口琴，然后他吹的时候，又在他手里。

男人吹着口琴。音乐和黑夜融合在一起。他们脚下开始出现一道裂缝，就像夏末在沉重的土地上出现的裂缝。一道狭窄的、干涸的、蜿蜒的裂缝，然后更多的音乐，然后就不再干涸，现在是温暖湿润的狭缝，然后有更多的音乐。黑暗四处弥漫。地球最上面一层地壳在湿湿的盲目中，在温暖的阴唇的湿润中一波一波地痉挛着，然后他们被慢慢地吸入其中。过了一会儿，裂缝颤抖了一下，然后又放松了，用令人难以置信的温柔用沉默的拥抱包裹着他们。韵律消失了。草地痊愈了。星星毫无变化地闪烁着。黎明时，炮火又开始了。但是，众所周知，山顶高原被很快轰炸，所有的枪都沉默了。这场战争很短暂。

很多人拒绝相信。他们没看见，也没听见。另一些人全都相信。有些人甚至认为那一片草地有治愈的魔力，或者是忏悔和净化的力量。

一个夏天接一个夏天，暴烈的太阳燃烧着。冬天时，雨打风吹着松树。约塔姆和奥黛丽从一个镇漫游到另一个镇，从一片土地漫游到另一片土地，试验着语言的力量，总是在设想，他们不是在出口牛肉罐头。晚秋松树在夜风中无法理解的瑟瑟声是不可能停止的。偶尔，六七个男人女人黄昏时在这里聚集，举行一个仪式；他们创造出一种低低的、悠长的旋律。

　　但是，到晚上这个时间，娱乐中心那明亮的灯打开了。从灯火通明的大厅里，传来一种不同的音乐那快乐的声响。

比水和风更轻柔（译后记）

杜先菊

一、《轻抚水，轻抚风》

每一年，我们都翘首等候着诺贝尔文学奖的结果，然后猜阿摩司·奥兹会不会中奖。2018 年，诺贝尔文学奖暂不颁发，而奥兹也于 12 月 28 日因病辞世。

《轻抚水，轻抚风》是奥兹七十年代写就的小说。这本书不长，全书也只有八万多字。它并不是传统的叙事小说；全书有四十七个小章节，平均每一节也就是两千来字，从地域上来说，是在波兰和以色列之间来回转换；从人物上来说，主要是在男主人公波马兰兹和女主人公斯特法之间转换，有些章节也分给了其他一些次要人物；从时间上来说，则是在二战前的欧洲和二战后的以色列之间转换。到故事结尾时，刚刚从二战中幸存下来、走在以色列的街头再也不必担心受到路人嘲笑和捉弄的犹太人，又在"应许之地"迎接新的

221

战争。

这么短的小说，令人惊奇的是它能在较短的篇幅中达到两个目的：一是比较生动而准确地传达各种情绪和感情，二是用寥寥数语刻画出许多栩栩如生的人物形象：和平时代人们对知识的狂热、认真、执着的追求，"公主"斯特法对普通钟表匠的普通儿子的真挚爱情，周围男人们对斯特法的爱慕，纳粹军官和俄国、战后欧洲小国的政客们同样的残忍和冷酷，以色列基布兹那群单纯而又认真的人们，从书记，到他怪异的儿子，到他两个忠心耿耿的"情妇"，甚至连波马兰兹教授的科学补习班的孩子们，无不生动、细腻，令人对他们的命运产生深切的关注和同情。

我读过长篇累牍的历史巨著，这些巨著讲述二战中犹太人的悲惨遭遇，以及战后他们流离失所、无处为家的经历。然而，历史和政治学关注的是大画面，是政治家们如何运筹帷幄、军人们如何奋勇征战的经过，至于卷入这场战争的主体——无论是交战双方各国的居民，无论犹太人还是阿拉伯人，大抵都是以集体的形象出现。而文学，则和电影一样，能够把这个群体个人化，用单独个人的形象和经历来讲故事，于是，它令我们与历史和历史人物更加亲近，就像我们一伸手，就能够轻抚到有点自闭症的波马兰兹——他会躲开，因为他有洁癖和强迫症，一切必须干干净净、井井有条，我们也能够轻抚斯特法，尽管她个性坚强，能够将几百位强悍男儿指挥得团团转，心中却只真心爱一个人，那个柔弱、自闭、有数学天赋的钟表匠的儿子。他们从纳粹大屠杀里死里逃生，然而应许之地并不是梦想中的天堂，迎接他们的将是连绵不断的战火和冲突。

奥兹用他的笔轻抚着这些人。再也不要伤害这些破碎的心灵。他们已经承受了太多太多。

像波马兰兹一样，很多从纳粹大屠杀中幸存的犹太人，并不喜欢谈及自己死里逃生的经过，大约承受了太多的苦难，他们不想再重复一次，哪怕是在语言上。苦难中有太多的残酷和屈辱，因为他们在这个过程中被剥夺了人的尊严。

二、母亲和儿子:《爱与黑暗的故事》

2002 年，奥兹写了回忆录《爱与黑暗的故事》。少年奥兹亲历着现代以色列国家的诞生，聆听着母亲讲述她的故乡旧事，目睹她遭受着抑郁症的折磨。

奥兹的母亲也叫范尼亚，她生于罗夫诺（Rovno），当时是在波兰境内，今名里夫尼，现属乌克兰。受到锡安主义的影响，范尼亚童年的梦想就是来到圣地以色列，那个流着牛奶和蜜的地方，然后让沙漠开满鲜花。她和家人离开欧洲以后，德国人、立陶宛人和波兰人在她和姐妹们曾经野营的山谷开战，在两天之内，杀掉了两万三千犹太人，杀死了她认识的几乎每一个人。

2015 年，娜塔莉·波特曼将这部回忆录拍成电影。她坚持这部电影一定要用希伯来语来拍摄。

年幼的阿摩司跟着叔叔到一个阿拉伯上层人士家里作客，在后花园中，阿摩司和一个阿拉伯小女孩的对话，就已经道出了他成年、成名之后的政治信念和在阿以冲突问题上的立场："这个国家的地方足够两个民族来居住。我们只需要学会在和平和互相尊重中和睦共处。"

看着电影，过了几分钟，我的希伯来语慢慢回来，借助着英文字幕，我能够跟上比较简单的对话。

童年阿摩司和阿拉伯小女孩纯真友好的对话中也时时暗含危机和冲突，短暂的温馨，后来却又带来了误解、伤害和敌意。我们已经知道了小男孩的生平故事，也知道了这两个民族后来的命运，看起来只有沉重，没有悬念。

有人不喜欢这部电影，大概与此有关。几十年前，当犹太人和阿拉伯人尚在英国托管之下前途未卜时，我们看到的是一个不到十岁的男孩，在阐述着成年奥兹的政治观念。在以色列的犹太知识分子和文人中，奥兹一直是比较明确地主张和平、寻求以色列和巴勒斯坦国两个国家的解决方案的，因为在他心目中，原居巴勒斯坦的阿拉伯人和犹太人一样也是受英国压迫的人，就像两个同时受欺压的兄弟，虽然他们受到的是同一个强人的欺压，并不能够保证他们之间就能和平相处，最好的解决方案，就是分而治之。

电影的后半部更为个人，提醒观众，写这本书的阿摩司·奥兹是在回忆自己的童年和母亲，而不是在写政论……画面依旧沉郁晦暗，母亲生病的细节更加令人揪心。电影使用了很多时空闪回的蒙太奇，老态龙钟的晚年阿摩司，和年幼的天真敏感的小阿摩司，和被疾病和忧伤折磨的年轻母亲交互穿插，原小说的旁白，加上电影的音像语言，同时叙述着家国和个人的悲剧，更加令人痛彻肺腑。深爱你的母亲为什么会选择离开你，有谁能够回答这样的问题。

阿摩司将自己的姓从克劳斯纳（Klausner）改为奥兹（Oz, 希伯来语，意为力量），离开了保守的父亲，搬到了基布兹胡尔达。有了自己的女儿以后，又给她取名为范尼亚，纪念自己的母亲。犹太人传统，可以用长辈的名字为自己的孩子命名，但只能用已经过世的长辈的名字。

2004 年，阿摩司·奥兹告诉《纽约客》的戴维·莱姆尼克（David Remnick），他是一个"历史长河上的哈克贝利·芬"，只不过他的小船是漂行在一条由书、话语、故事、历史传说、秘密和离别构成的河流之上。

他还告诉莱姆尼克，"我母亲病情恶化的直接原因，包括历史的沉重负担，个人承受的羞辱，打击，和对未来的恐惧。"阿摩司·奥兹的文字在字里行间弥漫着浓郁的忧伤和沉重，总是让我想起那个十二岁便失去母亲的男孩子。有一些创伤是无法恢复的。

三、范尼亚·奥兹

奥兹从来没有访问过母亲出生的这个地方。2014年，他的女儿范尼亚前往里夫尼，访问了她的祖母成长的地方，并且将她的旅行拍成了纪录片，向父亲和其他观众展示了与她同名的祖母曾经生活过、后来逃离的地方。

奥兹的女儿范尼亚是我在牛津时的希伯来语老师。九十年代初，她丈夫埃利·萨尔兹伯格在牛津做访问学者，她在写论文，于是一边陪读一边给我们上课挣钱。范尼亚其实跟我算大同行，不过她偏理论，钻的是德国政治哲学，我偏实录，选了以色列政治和外交史。

彼时我刚刚出国，从前的英语也就够考考托福、GRE，真上课时非常吃力。加上我硬着头皮还一边开始翻译我导师诺亚·卢卡斯的《以色列现代史》，花在学希伯来语上的时间并不多，只记得每天早上上课时有些惭愧，要么作业没有做完，要么单词没有记住，总之，我上的范尼亚的希伯来语课，在我这个一向高分低能的学生的学习生涯里，算是少见的松懈。

范尼亚依牛津的传统，也请我们到她家里吃饭。她的公寓在牛津另一头，我们都没有车，我们倒了两次车才到达。吃的什么东西我也不记得，总之是比不得中国人请客的丰盛。我的希伯来语学得一般，倒是在她家从一位英国同学那里学了一个英语谚语：开往中国的慢班客船（slow boat to China），说的就是我们来她家的路程。

她丈夫埃利温文尔雅，看着比她年轻至少五岁。后来知道她从小随父亲阿摩司·奥兹住在基布兹，就怀疑是不是基布兹的生活使她显得更苍老一些。有一次中心晚宴，我和埃利被安排坐在一起，我刚刚学了些关于以色列婚姻习俗和法律，就大咧咧地说，那以色列算什么民主，结婚还要拉比主持，也不管人是不是虔诚地信教。以色列法律规定，以色列境内的犹太人结婚，必须由犹太拉比批准和主持。

后来才知道露怯了。埃利的专业就是法律。而且，他和范尼亚都是世俗主义者，世俗到什么程度？他们结婚，为了避开拉比的干预，还专门跑到临近的塞浦路斯结婚。以色列是移民国家，为了方便移民前来以色列居住，他们也承认在国外结成的世俗婚姻。范尼亚和埃利恰恰就是以这样的方式，表示对宗教控制人的婚姻的抗议。

我请他们夫妇和我的波兰朋友约兰塔以及约兰塔的男朋友一起吃饭。约兰塔父亲是犹太人，母亲是天主教徒，小时候是以天主教徒身份长大的，后来打算皈依犹太教，因而十分虔诚。我请她们来吃饭时，我专门关照她：放心，我不会请你吃猪肉。范尼亚也在旁边，调皮地插嘴说，没关系，猪肉留给我吃好了。约兰塔十分尴尬，我却偷偷开心了好久。

四、父亲和女儿：《犹太人和话语》

阿摩司·奥兹的小说，写的是个人、家庭中最隐秘最脆弱的故事，虽然这些故事，发生在欧洲和中东最激烈动荡的时期，不可避免地带入了世界历史的大场面，但这里的政治只是背景，是隐含在他的叙述中的。但他并不回避政治，他的一生中，一直坚持着明确的政治立场。他说过，他有想法的时候就写论文，没有想法的时候就写小说。

奥兹是入世的，早年的他，深受以本-古里安为代表的劳工犹太复国主义的影响。他参加了 1967 年的六天战争，战争结束后，他拿着录音机，和几位作家一起记录参战士兵们的真实感受；1973 年，他又在戈兰高地参加了赎罪日战争，当以色列沉浸在胜利的喜悦和对摩西·达扬将军的崇拜之中时，奥兹却在电视访谈中公开批评他的策略。1978 年，右翼利库德领袖贝京上台后，奥兹和一批预备役军人给贝京写了一封抗议他的政策的信，并因此而成为"即刻和平"(Peace Now)运动的创始人之一。

奥兹写了很多非虚构文字，其中一本，《犹太人和话语》(*Jews and Words*)是和范尼亚一起合作的。范尼亚是政治史学家，这本书，就是文学家父亲和史学家女儿就犹太思想和理论进行的深刻对话。这本书中的叙述方式既有叙事，又有学术研究，既有对话，也有争论，他们谈及的话题，涉猎到了犹太教中最源远流长的姓名、格言、争议、文本和妙语背后的故事，他们认为，正是这些话语，构成了亚伯拉罕之后每一代犹太人之间的纽带。他们认为，犹太人的延续性，甚至犹太人的独特性，并不是来自重要的地点、纪念碑、英雄人物或者仪式，而是书面语言，和一代一代人之间的争论。我离开犹太研究已有时日，再读这本书，想起从前在教室和图书馆读过的经典，再读到讲述个中三昧的种种趣闻，不禁时时莞尔。

封面设计是一张饱经风霜的厚实的旧沙发，和一张较小较新，颜色也稍浅的沙发，中间摆着的大约是一本犹太经典，显然是象征着这一对促膝而坐、倾心交谈的父女。

奥兹另外一些著作，带有更强烈的政治性。《在以色列这片土地上》(*In the Land of Israel*)、《黎巴嫩的山坡》(*The Slopes of Lebanon*)、《在这燃烧的光芒下》(*Under This Blazing Light*)、《以色列、巴勒斯坦和和平》(*Israel，Palestine and Peace*)、《如何治愈一个极端主义分子》(*How to Cure a Fanatic*)，都是直接触及阿以冲突的尖锐主题。

还有一本书是《亲爱的狂热分子：来自分裂的国度的信札》(*Dear Zealots：Letters from a Divided Land*)，里面的三篇文章文字犀利直白，十分尖锐，但立场却并不极端，而是温和。他激烈批评的，首当其冲的当然是伊斯兰原教旨主义和它所煽动的暴力恐怖活动，但他并不是简单地谴责那些组织和参与这些暴力恐怖活动的阿拉伯穆斯林，而是着力抨击导致并为这些暴力恐怖活动辩护的极端主义理论和宗教。与此同时，他也批判了同样带有暴力倾向的犹太极端分子。他批判极端狂热分子的出发点，是他的人道主义精神、宽容精神和和平主义，为此遭到犹太人的责难也毫不动摇。

奥兹是个热爱和平的人道主义者。在他眼里，阿拉伯人也同样是经受着苦难的人，而不仅仅是阿以冲突的抽象的另一方、他者、敌人。为了让犹太人和阿拉伯人都能够好好地生活，奥兹认为，最好的方式，就是让他们"离婚"。他说，治愈极端主义的灵丹妙药是幽默和好奇，而解决阿以冲突的最佳方案则是同情和妥协。

轻抚着水，轻抚着风，轻抚着每一个人的心灵。